U05B2198

做生命的船长

齐明月 编

中国言实出版社

图书在版编目（CIP）数据

做生命的船长／齐明月编. —北京：中国言
实出版社，2014.3

ISBN 978-7-5171-0419-3

I.①做…　II.①齐…　III.①散文集－中国－
当代　IV.①I267

中国版本图书馆 CIP 数据核字（2014）第 037612 号

责任编辑：郭江妮

出版发行　中国言实出版社

地　　址：北京市朝阳区北苑路 180 号加利大厦 5 号楼 105 室
邮　　编：100101
编辑部：北京市西城区百万庄大街甲 16 号五层
邮　　编：100037
电　　话：64924853（总编室）　64924716（发行部）
网　　址：www. zgyscbs. cn
E- mail：zgyscbs@ 263. net

经　　销　新华书店
印　　刷　北京毅峰迅捷印刷有限公司
版　　次　2014 年 5 月第 1 版　　2024 年 3 月第 2 次印刷
规　　格　787 毫米×1092 毫米　1/32　8.25 印张
字　　数　156 千字
定　　价　39.80 元　　ISBN 978-7-5171-0419-3

前　言

杨绛先生在《将饮茶》中谈到："人的尊卑，不靠地位，不由出身，只看你自己的成就。我们不妨再加上一句，'是什么料，充什么用'。假如是一个萝卜，就力求做个水多肉脆的好萝卜；假如是棵白菜，就力求做一棵瓷瓷实实的包心好白菜。萝卜白菜是家常食用的蔬菜，不求做庙堂上供设的珍果。"

一如先生所言，是什么料，就充什么用。推开窗看四季，不同的季节有不同的演绎：春有盎然生机，夏有绚丽多姿，秋有丰硕果实，冬有蕴藏生息。四季分明，自然万物才能和谐。人也是如此，清楚自身的用场，才能活出一方真实。

道理都是简单易懂的道理，但懂得和做得却又有着天壤之别。

每个人都明白，除非成为真实的自己，否则我们永远也无法体味到真正的幸福安乐。可真实的情况呢？真实的情况是大多数人并未这样去做。

很多人叹息念叨：我们很忙。忙得没有时间做自己，忙得没有时间去争取我们真正想要的生活。小时候，我们忙着听父母的话，忙着读书，忙着吸收各种各样的知识，忙着考大学。好不容易考上大学了，我们却不敢松口气，还得忙着拿各种文凭各种证书。等证书拿的差不多了，我们又忙着去找工作。工作有了忙着谈恋爱，忙着结婚。有了家，忙的更多了，忙着赚钱养家，忙着升职，忙着买房买车，忙着交际忙着应酬。

总之，我们似乎从生下来就一直这么忙。忙得没有机会在上班的路上看一眼温暖的阳光。忙得没有留意到河里的冰化了，春天来了，路边的树都发芽了。忙得来不及发现生活里的感动和温暖。就这么忙着，忙到我们没有力气再跑，没有力气再追赶的时候，我们再回头看这些走过的路，会不会悲哀地发现，自己忙了一辈子，却从来没有感受到生活真正的滋味是什么样的。

就这样，我们在忙碌中丢失了自己。

为什么我们总要在工作和生活中逐末失本，忘记了最初的幸福？为什么总是在虚无的名利追求中放弃了自己的真实和坚持？为什么我们总是在汲汲营营的奔忙中冷落了最不应该冷落的自己？

流年的景致黯淡了时光，我们不知；岁月的风霜斑驳了生命，我们不闻；那些散落在流年里冷暖，被日子沉淀成了麻木，我们统统忽略不计。今年树上花，已不是去年枝上朵；翻阅过的光阴，走过的路，亦是不能重来。这些，我们都知晓，却为什么只是观望叹息着，而不去为自己的生命做点什么呢？"智者无为，愚人自缚"，别再追赶了，别再争抢了，别再做那个盲目忙碌茫然的愚钝者了。生活是我们的，它与我们的生命息息相关，与我们的内心紧密相连，我们为何要苦苦追，苦苦赶呢？

诚然，我们得承认生命中总有一些不可逆的事情发生，苦难、挫折、伤痛、失望，我们每个人都在经历着。爱过别人，被别人爱过；受过伤害，也伤害过别人；欢欣过、沮丧过、失望过、哭泣过、思念过、等待过，可这些，都不足以让我们放弃自己，放弃我们最初对生活的渴望。

一切苦难终会过去。枯草会发出新绿。凋落的枝头会挂上花开。流过泪的脸颊会被阳光捂干。受过伤的地方会结痂脱落，所有经历的种种都会过去。过滤完悲伤痛苦，消化完艰难困阻，我们会成长，会坚强，我们会慢慢变好，变得更好。

林清玄说："在浩淼的宇宙的宇宙里，无边的虚空中，最大最有力量，或者最小最卑下的，就是你自己的心，没人可以让你更庄严，也没有人可以使你更卑陋，除了你的心。"

所以，看顾好自己的心，回归那个真实柔软的最初的自己吧！让一颗历尽千回百转的心，学会依暖而行，依爱而生；学着把心情放在窗前的阳光下晾晒，在琐碎的生活中，体会小小的满足和幸福；试着在柔软的时光里，从容面对岁月的更替和命运的不确定。只要，你愿意做真实的自己，坚持成为你想成为的人，哪怕，那样的一个你在他人眼中算不得成功算不得荣耀，但与你自己，却已然是收获了最自由的生命和最稳妥的幸福。

唯有真实的东西，才会历久弥新。生命也是如此，活出自己真正的味道来，我们才能到达真实而丰盈的自己。

编 者

目　录

开始，检阅你的生活

你快乐吗

披头士乐队创始人之一的约翰·列侬曾说过这样一段话："五岁时，妈妈告诉我，'人生的关键在于快乐'。上学后，人们问我长大要做什么，我写下'快乐'。他们告诉我，我理解错了题目；我告诉他们，他们理解错了人生。"

理解错人生的人应该不在少数吧，我们要成为怎样的人，要拥有怎样的人生？同样的问题问不同的人，便会得到不同的答案；同样的问题问不同年龄的人，答案的不同则更加分明。小时候被问及是否快乐的话题，我们总能毫不犹豫地说着如何如何的快乐，那些快乐是明确的，伸手可及的。步入社会后，再被问及，我们会思考一番，权衡一下，然后觉得成为一个事业成功、有名有利的人，才会比较快乐，这时的快乐有了沉重感，我们需要付出很多的心力才能背负起一点。

是题目错了么？不是，一如列侬所言，是我们理解错了人生。

你的生活状态是怎样的？你对自己的生活满意吗？你有没有定期给自己一些时间审视一下自己的生活？你每天生活得是否快乐？

很多人说了：工作的压力，生活的琐碎，像一块石头压在胸口，进气也难，出气也难，千篇一律的生活如同机器般滚动，每天按部就班。活着就要生活，生活就得工作，工作不如意，你得忍着，累了还得硬撑着，哪有时间和心情去做这样无意义的事情。

可是，如果连这样的事情都是无意义的，那我们的人生还有什么是有意义的呢？

对生活满不满意，生活处于怎样的一个状态？如果这些基本的问题我们自己都不去留意，不去思考，那生存又是为了什么呢？一日三餐的温饱？还是一间可供躯体休憩的房间？那我们的情绪、心情、状态、感观和人生的意义呢，我们可以置之不理，忽略不计吗？

当然，现实生活中这样那样的艰难总是有的。现代人的生活特征就像穴居在城市里的一种动物。每天、每时、每刻都有躲不开的花费，很多时候，金钱成了我们生存的一种依托，吃饭、房租、通信、水电费、交通费，如果你有孩子的话还需要奶粉费受教育费等费用；万一不幸得了病，还有一笔弹性极大的医药费。如此，我们不免焦虑、抱怨，我们想要改变这种现状，这原本是无可厚非的，毕竟，没有谁会对好的物质生活拒之千里，但是，这个"度"却不是任何人都能掌控得了的。

于是，对物质的渴望让我们有了欲望。有了欲望的我们每天都幻想着挣足够多的钱，过足够好的生活。我们有了房子，想买车子，有了车子，想住豪宅，有了豪宅还想要豪车。如此往复，物质生活上去了，我们的内心却不见得比从前快乐、安稳。

渐渐地，我们所体味到的快乐似乎只有依靠这些外在的东西才得以体现，没有了这些依靠，快乐便只是那镜中花、水中月，遥望而不可及。于是，有相当一部分人只有永远紧绷着神经、丝毫不敢松懈，在危机感的驱使下向着一个又一个目标不断地疲于奔命，他们以为只有这样才能牢牢地将这些外在事物、将这种所谓的快乐永远抓在手里。事实上，他们都犯了一个同样的错误：理解错了人生。

毕竟，没有快乐可言的人生，意义大概也所剩无几了吧。那么，快乐是很难获得的体验吧，当然不是。快乐是我们每个人的本来面目，人人生而就享有快乐，人人生而就拥有无限的潜能去创造自己的快乐，这些都不是别人赋予的，也不是别人能够抢走的，上天在我们出生之前就平等地把快乐赐予了每一个人。在追求快乐的道路上，我们所要做的只不过是尽量还原我们的本来面目而已。因为，快乐永远只存在于我们内心最深处，只有向内走，问道于心灵，才能真正拥有快乐。

所以，请问问你的内心：你快乐吗？试着听从内心的声音，遵从最真实的自我，去发现生活中那些藏在细枝末节里的快乐。林清玄有一句话说得最动人："我，宁与微笑的自己做搭档，也不与烦恼的自己同住。我，要不断地与太阳赛跑，不断地穿过泥泞的路，看着远处的光明。"

一天 24 小时，你留多少给自己

塞·约翰逊说："最明亮的欢乐火焰大概是由意外的火花点燃的。人生道路上不时散发出芳香的花朵，也是由偶然落下的种子自然生长出来的。"

在茫茫人海、漫漫生命长路之中，我们一路走来，为各种理由奔波、挣扎、奋斗，我们一路追求，为富裕的生活、为成功的事业、为美满的家庭、为健康的身体……，在一路狂奔中有谁曾经停下脚步问问自己的内心，听听心灵真正渴望的是什么？我们如此锲而不舍，到底在追求什么？所有答案最终都指向同一个内心诉求：幸福。

那么，我们不妨来思考一下：在人影交错忙忙碌碌的生活中，一天 24 小时，除去吃饭、睡觉的时间，我们留给自己品味幸福的时间又有多少呢？

曼纽尔是个很忙碌的人，他一定要忙于做事，否则他就会内心不安，他会觉得自己的人生毫无意义，他在浪费宝贵的时间，并且他会认为社会不再需要他，也没人再爱他。

他习惯了忙碌的生活，他觉得只有忙碌起来，才能显示出他的重要性。

所以，他从早上起床就有一大堆事情要做：打开电视调到早间新闻频道，阅读报纸，叮嘱妻子快点给孩子备车，别让孩子们上学迟到了，交代佣人照顾好花园里的花草并记得给金毛洗澡，然后他会匆忙地走出家门，开车、乘坐地铁，这期间，他虽然忙碌但却总是集中精神，寻找机会，看看手表，有可能的话，他还会打几个电话——关键是要确保让每个人都看到他是一位重要的人，是一位对这个世间有用的人。

到了工作的地方，他会立即投入到工作中，专心处理等待着他处理的成堆文件。如果没有什么重要的活要做，他一定会去拓展一些，开创一些，实施一项新计划，以确保自己有事情可做。

整个下午他都会很忙，他会不时地看一眼手表，尽管已经到了下班时间，但他仍然要在这里解决一个细节，要到那里签署一个文件。他是一个诚实的男人，他想证明自己是拿钱做事的人，他没有辜负别人对他的期望，没有辜负他父母的梦想。他父母为了让他能够得到必须的教育，付出了很多很多。

整个公司的人都走了，他才会离开他的位置，他常常最后一个回家。到家后，他洗了澡，换上舒适的衣服，然后坐下来跟家人一起吃晚饭。他会问孩子们在学校的事情，问妻子这一天过得怎样。他还会不时地谈到他的工作，为的是起到一个榜样的作用——因为他并不想把忧虑带回家。吃完晚饭后，孩子们立即就离开餐桌，跑去玩电脑了，小孩子想的最多是自己的乐趣，他们对榜样、责任之类的事情毫无兴趣，当然，主要原因还是他们还不懂。

睡觉之前，他会习惯性地拿起那些放在床头柜上的技术书——他知道竞争是激烈的，如果跟不上形势，就会有丢失工作的危险，然后就得面对最糟糕的诅咒：失业。

有一天晚上，曼纽尔做了一个梦。

一位天使问他："你在为谁做事呢？"

他回答说："我是个负责任的人，为家庭也为工作。"

天使接着问："一天之内你是否能留给自己 15 分钟，什么也不做，只是看看这个世界，看看你自己呢？"

曼纽尔说："哦天使，我愿意这样做，但是我没有时间，你看，我每天都很忙。"

"每个人都有时间那样做，你只是缺少了停下来的勇气。如果工作能够帮助我们考虑我们正在做的事情，那么工作对我们来说就是一种祝福。但是，如果工作的作用只是防止我们考虑人生的意义，那么工作对我们来说就是一种诅咒。"

曼纽尔听完惊醒过来，一身冷汗。勇气？一个能够为家庭牺牲自己的男人怎么可能没有勇气停下来歇 15 分钟呢？

曼纽尔摇摇头，觉得天使的话很搞笑，他没有再多想，继续睡觉，他觉得这只不过是一个梦，而且这种问题对于他来说没有任何意义，再说，明天将是一个非常繁忙的一天。

我们真的有那么忙吗？忙的没有一点儿留给自己的时间。

看着大街上行色匆匆的人们，答案好像已经写在了那里。

是的，我们很忙。似乎我们从懂事起，就开始了忙忙碌碌的人生之旅。小时候，我们忙着听父母的话，忙着读书，忙着吸收各种各样的知识，忙着考大学。好不容易考上大学了，我们却不敢松口气，还得忙着拿各种文凭各种证书。等证书拿的差不多了，我们又忙着去找工作。工作有了忙着谈恋爱，忙着结婚。有了家，忙的更多了，忙着赚钱养家，忙着升职，忙着买房买车，忙着交际忙着应酬。

总之，我们似乎从生下来就一直这么忙。忙得没有机会在上班的路上看一眼温暖的阳光。忙得没有留意到河里的冰化了，春天来了，路边的树都发芽了。忙得来不及发现生活里的感动和温暖。就这么忙着，忙到我们没有力气再跑，没有力气再追赶的时候，我们再回头看这些走过的路，会不会悲哀地发现，自己忙了一辈子，却从来没有感受到生活真正的滋味是什么样的。

或许，我们是时候反省一下自己了，真正的生活需要的是触碰，而不是紧握。生活节奏越是快，我们越要小心自己脚下的路，试着放松一下紧绷的神经，让生活顺其自然，不要过分担心，也不要过于细致的规划。很多时候，把生活安排得过于紧凑，并不见得是一件好事，这样会让我们荒废了对自我的照看，让生命缺乏生机。

所以，学会放松一点，不要握得太紧，尝试着留些时间给自己，不要总是脚步匆匆地去追求所谓的成功和满足，而错过了当下最应该把握的美好。

谁是最重要的人

在谈这个题目之前，我们先来看一个佛教小故事：

说一个人有了烦恼，便去寺庙里求观音开解。

这个人揣着一颗虔诚的心走进庙里，还未拜就发现观音的像前也有一个人在拜。他走近一看，发现那个人长得和观音一模一样，没有丝毫分别。他觉得特别好奇，便问："你是观音吗？"

那人答道："我正是观音。"

他一惊，又问："你既是观音，为何还拜自己？"

观音看着他笑了笑说道："观音也会遇到烦恼啊，我来拜我自己是因为我知道，开解不了的事情，需要生命中那个最重要的人来帮忙，而那个最重要的人除了自己，便别无他人了。"

一如观音所言：那个最重要的人除了自己，便别无他人了。

可生活中我们大多数人呈现出的状态却是故事中的"那人"，我们往往看不到自己的重要，总是轻易摆错自己的位置。

无论是在影视剧中，还是在现实生活里，我们经常会听到这样的话：你是我生命中最重要的人。

爱恋中的男人对女人说：你是我生命中最重要的人。

慈爱的母亲对孩子说：你是我生命中最重要的人。

声泪俱下的女儿对病床上的母亲说：你是我生命中最重要的人。

……

在我们的生命中，总会出现那么几个"最"重要的人。我们为其甘心付出，为其义无反顾，却忽略了，那个最最重要的人其实不是别人，而是我们自己。如果我们自己不健康，如何去关心那些被我们视为最重要的人？如果我们不爱自己，又如何有能力去爱那些我们要倾心去爱的人？

所以说，一切的重要，都是建立在我们自身之上，如果我们自己都不能安好丰足，与他人又有何益处呢？

玛丽安年轻的时候，和很多年轻人一样，充满激情，有很强的事业心，对任何机会都不会放过。

有一段时间，玛丽安同时主持七档电视节目，每天忙得昏天暗地，但她却从不觉得这有什么不妥，相反，她认为这是一个人成功的象征，她觉得这样才能体现她的价值。然而，任何事情都是有限度的，物极必反是大自然亘古不变的规律。

随着事业版图的扩大，玛丽安的压力也愈来愈大。后来，当她发觉这种对名利的拥有和追逐不是乐趣，而是一种沉重的负担时，她的内心开始被一种强烈的焦躁和不安全感笼罩。

果然，灾难终于发生了，她的公司因经营不善而倒闭，丈夫也和她离了婚……一连串的打击让她瞬间崩溃，在极度沮丧的时候，她甚至打算结束自己的生命。

陷入绝境的玛丽安向一位朋友求助："如果彻底放弃这一切，我不知道我还能做什么？"

朋友沉思片刻后回答她说："你为什么不问问你自己：你有什么不能做？！"

朋友的话让玛丽安恍然大悟："是啊，我们本来就是一无所有，既然如此，又有什么好怕的呢？现在我有了大把的时间，做什么不行呢？"

玛丽安决定放弃那些困扰她的东西，为了简化生活，她谢绝应酬，淘汰不必要的家当，只留下一张床、一个书桌，还有两只做伴的猫。玛丽安忽然发现，原来一个人需要的那么有限，许多附加的东西都只是无谓的负担而已。

那天之后，玛丽安重生了。她不再郁郁寡欢，不再消沉，相反的，她每天都生活得很满足很快乐。但是不了解的人却觉得玛丽安的行为简直是自生自灭，好不容易挣来的一切就这样舍掉，真是太可惜了。于是有人问她："你为什么不好好生活，好好爱自己呢？"

她淡然回答："我很爱自己，前所未有的爱自己，比起财富、名望、权势，爱自己才是更重要的事。"

想法一转变，玛丽安的整个状态也随之改变。以前畏惧她的强势和野心的人也渐渐接受了全新的她，她也得以获得帮助，度过难关。

你想要富裕的生活、成功的事业、幸福的家庭、健康的身体……那么首先，你必须在心里真正拥有这些信念，你的生命自然地去体验它，这样你才能在你的外在得到你想要的一切。每个人的心灵都储藏着一切你能想象到的任何可能性，这其中，就包括我们所有人向往的幸福。要想获得幸福，我们必须让自己意识到自己是那个最重要的人，意识到自己的无可替代，我们才能倾心爱自己，给自己确认一份幸福。反之，我们自身便会成为通往幸福的道路上的阻碍。

一个早晨，牧师正在准备第二天的讲道词。太太出去买东西了，小儿子约翰哭着嚷着要去迪斯尼乐园。为了转移儿子的注意力，牧师将一幅五彩缤纷的世界地图撕成许多小碎片，对儿子说："宝贝，你如果能把这张地图拼起来，我就带你去迪斯尼乐园。"

牧师以为这件事会让小约翰花费大半个上午的时间，但令他意想不到的是，不到十分钟，小约翰便把拼图拼好了。牧师看着每一片碎纸片都井然有序地排列在一起，整张世界地图又恢复了原状，他感到很吃惊，便问小约翰："孩子，你是怎么做到的？"小约翰天真地回答："很简单呀！地图的另一面是一个人的照片，我先把这个人的照片拼在一块，然后把它翻过来。我想，如果这个人对的，那么，这个世界也应该是对的。"

"你是对的，这个世界就是对的。"这句简单的话，曾经影响并激励了一批又一批的人。所以，时时刻刻觉察自己的每一个起心动念、每一丝情绪感受，不断清理那些负面的情绪和认知，养成能够给自己带来幸福的行为习惯，这才是让人生变得从容富足的根本。心理学大师荣格说："向外看的人，做着梦；向内看的人，醒着。"唯有向内走，觉察自己，关照自己，我们才能最终收获真正幸福的自己！

别让生命负重前行

生命历程往往像小河流一样，想要跨越生命中的障碍，达到某种程度的突破，向理想中的自己迈进，就需要有"放下"的智慧与勇气，如此，我们才能从容地迈向未知的生活。而在这个过程中，懂得放下，就等于是给自己一个转机。

作为这个社会中的一份子，我们注定脱离不开这个大的生存环境，所以，当环境无法改变的时候，我们不妨试着改变自己思考的方式，学会转换思维，灵活地跨越生命中的各种障碍，对一个人的成长是至关重要的。有时不切实际地执着，会演变成一种愚昧和无知，选择放下则是一种智慧。

有人说，世上从来没有命定的不幸，只有死不放手的执着。只有放下，才能让生命轻装前行。而真正的放下，是能放下荣耀，也能放下痛苦，能放下成功，也能放下失败。得意时的忘乎所以和失意时的垂头丧气，都是自身修为不够，而徒增的包袱；换句话说，便是心有所住，不能解脱。所以大师说，人生应该以"随"为念，取舍自得。

无际大师是一位智者。一位青年想得到他的教诲，便背了一个很大的包裹不远千里跑来找他。他说："大师，我是那样的孤独、忧虑、痛苦和寂寞，长期的跋涉使我疲倦到极点；我的鞋子破了，荆棘割破了双脚；手也受伤了，流血不止；嗓子因为长久的呼喊而沙哑……为什么我付出了这么多，还依旧这样劳苦地生活着？"

大师问："你的大包裹里装的什么？"

青年说："它对我很重要。里面装的是我每一次跌倒时的痛苦，每一次受伤后的哭泣，每一次孤寂时的烦恼……靠它，我才走到您这儿。"

大师笑了笑，没有说话，只是带青年来到河边，他们坐船过了河。

上岸后，青年见大师动也不动，他有些疑惑，便问大师："大师，我们要做些什么呢？"

大师说："我在等你扛着船赶路呀！"

"什么？扛着船赶路？"青年很惊讶，"它那么沉，我扛得动吗"？

"是的，孩子，你扛不动它。"大师微微一笑，说："过河时，船是有用的。但过了河，我们就要放下船赶路，否则，它会变成我们的包袱。痛苦、忧虑、孤独、寂寞、灾难、眼泪，这些对人生都是有用的，它能使生命得到升华，但须臾不忘，就成了人生的包袱。放下它吧！孩子，生命不能太负重！"

青年放下包袱，和大师一起继续赶路，他发觉自己的步子轻松而愉悦，比以前也快得多了。

大师问："现在还觉得辛苦吗？"

青年说："辛苦是我背负的太多，原来，生命是可以不必如此负重的。"

人们常说："举得起放得下的是举重，举得起放不下的叫做负重。"我们总不能"扛着船过河吧"！漫漫人生路，只有学会放下尘世羁绊，才能轻装前进，才能不断地超越自己，有更多的收获，而我们的人生之路也会变得轻松和愉快。

人生若想过得逍遥自在，少痛少苦，必须要有豁达宽广的胸怀，学会看得开，放得下。把令你沮丧的事放下，把心烦意乱的事情放下，把那些坏心情放下，不要过分执着，以一颗轻松的心对待自己，对待生活，然后你就会发现，想要达到身轻心安的境界，其实是很容易的。

当然，我们每个人都有欲望，但欲望太多了，我们就会被其累，被其苦。每个人都应学会轻载，更应学会放下。放下，是为了卸下沉重的包袱，让自己活得更加轻松自得。生命的进行就如同参加一次旅行，我们可以列出清单，决定背包里该装些什么才能帮助我们到达目的地。但需要记住的是，在每一次停泊时都要清理自己的口袋：什么该丢，什么该留，把更多的位置空出来，让自己活得更轻松、更自在。

要活得轻松，就要给自己充分的自由，让自己自由地决定任何事情，自由自在地按照自己的意愿去生活，而不要被往事所左右，为自己设下限制。人类天性需要一个空间，尤其是在我们的生命之舟超载时。这时候，我们应该尽快给自己清理一方天地，不然就很容易被一些不好的情绪或者琐事束缚、禁锢。如果我们爱自己，就应该学着从杂乱当中把自己解放出来，给自己以自由。

自由，是归零的起点，我们个人的人生都需要这种起点，抛开束缚，生命便多了一条道路，多了一种选择。用过电脑的朋友都知道，如果我们在系统中安装的应用软件越多，电脑运行的速度就会越慢，而且在运行过程中，还会有大量的垃圾文件、错误信息产生，若不及时清理掉，不仅仅影响电脑的运行速度，还会造成死机，甚至整个系统的瘫痪。所以，我们必须定期删除多余的软件，清理垃圾文件，这样才能保证电脑的正常运行。

我们的生活和电脑系统十分相似，如果你想过一种简单快乐，又有新鲜活力的生活，就不能背负太多不必要的包袱，就要学会删繁就简。每天将烦恼和妄想从我们大脑的硬盘中删除掉，为幸福和美好的事物留下足够的空间。只要我们心无挂碍，看得开、放得下，生活何处没有欢乐呢？

归还属于你的真实

杨绛先生在《将饮茶》中写了这样一段话："人的尊卑，不靠地位，不由出身，只看你自己的成就。我们不妨再加上一句，'是什么料，充什么用'。假如是一个萝卜，就力求做个水多肉脆的好萝卜；假如是棵白菜，就力求做一棵瓷瓷实实的包心好白菜。萝卜白菜是家常食用的蔬菜，不求做庙堂上供设的珍果。"

你是什么，就做什么。是一块木料，就不要强求自己去做到铁料的坚硬；是普通的家境出身，就不要去艳羡富二代的奢华优渥；是一个精打细算过小日子的人，就不要存在一夜暴富的侥幸心理。古人讲"位当"，一个人只有把自己的位置摆对了，他才能生活得从容自得。而这个"位当"，便是独属你自己的那份真实。

可真实的情况却是，我们很容易忽略自身的真实。你明明想平平淡淡地生活，不需要太富有，一家人平安康乐就好，但是你生活中会有很多声音在无形当中左右着你：

你看某某，和你是一所大学毕业的，人家现在都是你的上司了，再看看你，唉……；

结婚，拿什么结婚？没车没房，连个体面点的婚礼都办不成……；

一家人的希望都寄托在你身上了，你可要努力工作，多挣钱……；

孩子要上好的学校，没钱没权是不行的，你可不能没出息啊……；

……

就这样，我们的真实慢慢流失了，很多时候，我们需要带着面具去面对身边的人，甚至是亲人。渐渐地，我们远离了自己，企图做一个他们眼中应该成为的人，我们开始闷闷不乐，我们开始违背自己的意愿去完成那些我们根本就不想完成的"任务"，甚至，我们开始厌恶自己。

真实的我们有那么差么？我们必须要选择做一个"面具人"么？某一天，当我们达到了那些条件，成了他们眼中的"成功人士"，我们真的能得到满足和快乐么？

拜伦觉得自己生活的很卑微，他甚至想冲到前线结束自己的生命。歌德既有财富也有才华，但他说他从来没有享受过五个星期的真正快乐。他们在我们眼中星光闪闪，却在自己的世界里卑微失落，谁能界定谁的生命，谁能鉴别谁的快乐呢？除却我们自身，没有任何人可以定义人生与你的真正意义。

波斯有这样一个故事，一个老国王听他的占星士说，如果能穿上幸福之人的衣服，他就可以找到幸福。于是，国王下令让卫士在全国范围内寻找一个觉得自己拥有幸福的人，很长时间内都没有找到。

有一次，国王去狩猎，在一条山路上看到一个农夫靠在树旁睡觉。他觉得好奇，便走过去问他："你怎么在这里睡觉呢，多危险？"

农夫睁开眼睛，看着一身华服的国王说道："这怎么会危险呢，这里的动物和我是最好的朋友，这里的花草供我尽情欣赏，这里的天空、阳光、雨露供我享用，我幸福都来不及，哪有时间担心这些呢？"

国王问："你说你很幸福？"

"当然，这世界上难道还有比我更幸福的人吗？"农夫一脸自得地说。

国王看着农夫，一时惊呆在那里。农夫没有豪华舒适的房间，没有山珍海味可以享用，但是，他却说他是最幸福的人。想到这里，国王叹了口气，竟在这个一无所有的农夫面前低下了高傲的头颅，因为农夫有他所没有的富足。

看吧，其实那些外在的光环并不能解救我们，能让我们安然幸福度过一生的，是我们自己内心想要去过的那种生活。

不得不说，人生就是充满缺陷和挣扎的旅程。我们生活在这个世界上，受外界影响，很多人处在一种永远难以满足的状态，从生存环境到生活水准。总有那么多好的物质生活是我们所向往的。也总有人用经验告诉你，怎样可以少走一些弯路，好似只有照他说的那样才能一条大路直通成功。于是，这些外界附加的东西就这样被满满地塞进我们并不广阔的生命里。

可我们也都知道，有阳光，就必定有乌云；有晴天，就必定有风雨。世界上很多东西是没有恒久远的，一切都是无常难得久，那些名利，那些丰足的物质，到头来我们一样也带不走，又何必挣扎取舍，劳心劳力呢。

所以，很多时候我们要多问问自己，哪些是自己不能放弃的，哪些是自己要坚持的，当然，更重要的是，哪些是让你欢喜接纳并甘心去做的。当生命不纠结不挣扎，不为太多的俗事俗物所缚，我们才能找到内心的家，触摸到真正属于自己的幸福。就像阳光从乌云中解脱出来会比以前更加灿烂，经历过风雨的洗礼天空才能更加湛蓝。其实，日日是好日，在每个人都有的时光里，肆意地挥洒就是最好的时光。那些不被认可，不被人熟知的岁月都不是空蹉跎，那些只是暂时的黑暗，只有傲然地面对这一切，为自己而绽放时，我们才不算辜负了最好的自己。

你只需要让自己满意

人本主义心理学家马斯洛说："人如果不能时刻倾听自己的心声，就无法明智选择人生的道路。"

乔布斯在斯坦福大学毕业典礼上演讲："你的时间有限，不要让别人意见的嘈杂声淹没你自己内心的声音，勇敢的去追随自己的内心和直觉，它们从来都知道你真正会成为什么人。"

似乎我们每个人都知道这样一个道理：不同的人站在不同的立场，会有不同的看法。无论你怎样做，你都不可能做到让所有的人都满意。

但很多时候，我们也仅仅是知道，当他人用挑剔的眼光或者太主观的态度来干扰我们时，我们照旧会被其左右。顺从别人的意见，尽最大努力让别人对自己满意，这好像是我们习惯做的事情，就像是电脑被植入了默认程序，这种迫切地想要别人满意，按照别人提出的意愿去生活的想法，成了一种固有模式。而更重要的是，尽管我们按照那些意愿做了，也一定不会让所有人都满意。

年老的父亲和他的小儿子一起赶着驴子去集市，盘算这能卖个好价钱。父子俩没走多远，看见一群人聚集在一棵树下，谈笑风生。

其中一人指着父子俩对其他人说："瞧，你们看见过这种人吗，放着驴子不骑，却要走路。"父亲听到此话，觉得也对，便叫儿子骑上驴去。

没走多远，他们遇到了几位老者，好像在争论什么，其中一个老者向父子俩这边一指，说道："看看，我说的不错吧，现在尊敬老人的人就是越来越少了。你们看，那懒惰的孩子骑在驴上，却让他年迈的父亲走路。真是不孝的孩子啊！"老者气愤地说着，抬手指向驴子上的儿子，大喊道："你这个不孝子，还不下来让你的老父亲坐上去歇歇脚！"父亲听了不好说什么，便叫儿子下来，自己骑上毛驴。

他们继续往前走，又遇到一群妇女，有一个妇女大喊道："你这个老头真是的，怎么可以自己骑在驴子上，而让那可怜的孩子跑着呢?"父亲低下头，看到儿子一脸汗水，便立刻叫他儿子上来坐在他后面，就这样，父子两人合骑着一头毛驴往集市赶去。

过了一会儿，父子俩到了一座教堂前，一位牧师叫住了他们："喂! 喂! 请等一下，那么弱小的驴子让两个人骑，真是太可怜了。你们这是要去哪里呢?"

"我们正要带这匹驴子去集市卖呀!"

"哦! 这更有问题。我看你们还没走进市场，驴子就先累死了!"

"那么，该怎么办呢?"

"把驴子扛着去吧!"

"好! 就按照你说的办。"

父子俩立刻从驴背上跳下来，将驴子的腿捆在一起，用一根木棍将驴子抬上肩向前走。快到集市时，很多人围过来看，扛着驴子赶集，这真是一件滑稽的事情，大家都取笑他们父子俩。吵闹声和这种奇怪的摆弄使驴子很不高兴，它用力挣断了绳索和棍子，跑了。

当然，这只是个故事，生活中不会有这样愚钝的人，但类似的事情还是有的。我们常常会为了工作弄得自己一团乱，经理给你说你该这么做，老总说你要那么做，主管说这样做更好些，同事说如此这般弄更快些，这些建议你听是不听？听了，或许会越做越乱；不听，你又觉得自己弄不好。思来想去，事弄砸了，你自己还要背上来自各方的埋怨。所以，做事要有主见，如果自己认为是正确的，就要坚持下去，不要被别人的意见所左右，不要企图让所有的人都满意。

一个人是不可能让所有人都满意的，同样，要想让所有的人都赞美你、肯定你，那也是不可能的。一个人的价值不是寄托在他人的赞美或批评上，只要尽心尽力去做就好，至于其他人的批评和期许，偶尔，我们应该看淡一些。

有一位画家，想画出一幅让每个人都满意的画。经过几个月的构思，他终于完成了一幅自己非常满意的画。他把画好的作品拿到市场上去，在画旁放了一支笔，并附上一则说明：亲爱的朋友，如果你认为这幅画有欠妥的地方，请用笔在画中作上标记。

等到画家回到市场取回画时，发现整个画面都涂满了记号，仿佛整幅画没有一点儿可取之处。画家看了心中十分不快。

画家决定换一种方式再去试试，于是他摹了一张同样的画拿到市场上展出。可这一次，他要求每位观赏者将他们认为最好的地方都标上记号。结果是，一切曾被指责的线条，都变成了赞美的标记。

最后，画家很是感叹："我现在终于明白了，无论自己做什么，只要一部分人满意就足够了。因为，在有些人看来是丑的东西，在另一些人的眼里则恰恰是美好的"。

类似的事情，生活中我们也常常遇到，就如同我们看电影，有人说这片子拍得很好，画面很有张力，演员的内心戏很有看点。但相同的影片也有人说不好，说画面太黯淡了，缺乏生机，主创人员表演太简单，从头到尾没有几句台词。看，再美好的事物也有不美好的一面，因为我们每个人的思维是不同的，眼光是不同的，看事物的角度也存在偏差。

所以，任何时候，我们都不要压抑着自己真实的想法，去迎合别人。人与人之间的价值观是有很大区别的，你觉得别人幸福成功的同时，如果回过头去看，或许会发现自己也正被别人仰望并羡慕着。

记住，不要喂养一只怯懦的虫子

没有一棵小草不勇敢

70 年前，一个名叫让·克雷蒂安的孩子出生在加拿大的魁北克省沙威尼根镇的一个平民之家，在他之前，家里已经有了17 个孩子，父亲是当地一个普通工人，因而家庭经济状况相当拮据。此外，克雷蒂安还有先天性的生理缺陷，左脸偏瘫，左耳失聪，讲话和微笑时嘴角歪向一边，因而经常被小伙伴们嘲弄，所以他的童年并不快乐。

少年时，克雷蒂安听一位医学专家说，嘴里含着小石子讲话可以矫正口吃，他就整日在嘴里含着一块小石子练习讲话，口腔是多么娇嫩的地方，没过几天，石子就磨烂了他的嘴巴和舌头。陪在身边的母亲看着心疼，眼泪落了一行又一行，她抱着儿子说："孩子，咱们不要练了好不好，妈妈会一辈子陪着你，保护你。"克雷蒂安一边替妈妈擦着眼泪，一边坚强地说："妈妈，听说每一只漂亮的蝴蝶，都是自己冲破束缚它的茧之后才变成的。我一定要讲好话，做一只漂亮的蝴蝶。"

功夫不负有心人，在日复一日的坚持中，终于，克雷蒂安能够流利地讲话了。

1993 年 10 月，从小就有远大抱负的克雷蒂安参加了全国总理大选，他的对手大力攻击、嘲笑他的脸部缺陷，甚至用极不道德的言语来攻击他，对手说："你们要这样的人来当你的总理吗？"然而，对手的这种恶意攻击并没有打击到克雷蒂安，反而招致大部分选民的愤怒和谴责。尤其是当人们知道克雷蒂安的成长经历后，都给予他极大的同情和尊敬，他们觉得这样一个能突破自己的生理缺陷，努力成为一个优秀的人，是值得尊敬和信任的。

在竞争演说中，克雷蒂安诚恳地对选民说："我要带领国家和人民成为一只美丽的蝴蝶。"最终，他以极大的优势当选为加拿大总理，并在 1997 年成功地获得连任，被国人亲切地称为

"蝴蝶总理"。

每一只漂亮的蝴蝶，都是自己冲破束缚它的茧之后才变成的。和蝴蝶一样，我们的生命也是如此，让生命呈现怎样的状态，完全取决于我们自己的想法。我们如果想好，就会奔着好的方向前进，如果放弃，生命只能跌入烂泥，谁也无法替我们改变什么，因为，一个人的生命只能由自己去成全，毕竟，没有谁可以搀扶谁一辈子。克雷蒂安做到的，我们也能做到，只是看谁更勇敢。

生活对于任何人都一样，它并不圆满，它总会给人生留下很多空隙，这其中最大的空隙就是理想与现实的距离。也许你想成为太阳，可你却只是一颗星辰；也许你想成为大树，可你却只是一株小草；也许你想成为大河，可你却只是一泓山溪……于是，你很沮丧。

沮丧的你总以为命运在捉弄自己。其实，你也可以这样想：和别人一样，我也是一道风景，也有阳光，也有空气，也有寒来暑往，甚至有别人未曾见过的一株春草，甚至有别人未曾听过的一阵虫鸣……做不了太阳，就做星辰，让自己的一点微光照亮一抹黑暗；做不了大树，就做小草，以自己的绿色装点希望。要知道，任何一个人的生命都应该是美好的，不美好的是我们不敢面对自己成全自己的胆怯。

人是社会性动物，谁都不可能孤立地生活在这个世界上，很多的知识和信息来自别人的教育和环境的影响，但你怎样接受、理解、加工、组合，是你个人的事情，这一切都要你独立自主地去看待、去选择。谁是最高仲裁者？不是别人，正是你自己！

美国 NBA 联赛中有一个夏洛特黄蜂队，黄蜂队有一位身高仅160 厘米的运动员，他叫蒂尼·伯格斯——NBA 最矮的球星。伯格斯这么矮，怎么能在巨人如林的篮球场上竞技，并且跻身大名鼎鼎的 NBA 球星之列呢？

因为勇气。

伯格斯自幼十分喜爱篮球，但由于身材矮小，伙伴们瞧不起他。有一天，他很伤心地问妈妈："妈妈，我还能长高吗？"妈妈鼓励他："孩子，你能长高，长得很高很高，会成为人人都知道的大球星。"从此，长高的梦像天上的云在他心里飘动着……

"业余球星"的生活即将结束，伯格斯面临着更严峻的考验

——160 厘米的身高能打好职业赛吗？

伯格斯横下心来，决定要在高手如云的 NBA 赛场上闯出一片天地。"别人说我矮，反倒成了我的动力，我偏要证明矮个子也能做大事情。"凭借勇于挑战的勇气和出色的表现，伯格斯加入了实力强大的夏洛特黄蜂队，在有关他的一份技术分析表上写着：投篮命中率 50%，罚球命中率 90%……

一份杂志专门为他撰文，说他技术好，发挥了矮个子重心低的特长，成为一名使对手害怕的断球能手。"夏洛特的成功在于伯格斯的矮"，不知是谁喊出了这样的口号，但许多人都赞同这一说法，许多广告商也推出了"矮球星"的照片，上面是伯格斯淳朴的微笑。

或许，成为勇者之后的伯格斯再也不需要用身高去证明什么了，因为，勇气已然将他打造成了一个巨人。

面对别人的不看好，我们是否也能有伯格斯面对生活的自信和勇气呢？生活中，我们常常因同学无意的一句嘲笑，或同事无心的抱怨而变得闷闷不乐，甚至开始彻底地怀疑自己、否定自己。这种心态是很可怕的，如果我们接收了这样的负面情绪，那我们就会陷入自卑和胆怯的怪圈，很难再做回真正的自己。

要知道，有了万物才构成了我们居住的这个完整的世界，这其中的每个构成部分都是不可缺少的。假如你在生活中做不了太阳，那就做一颗小星星吧！假如你不能成为一棵参天大树，那就做树下的一棵小草吧！人生的关键选择不在于你在做什么，而在于你有没有勇气做你自己。

那些渴望的生活，你争取过么

人类的智慧可以认识世间的万事万物，唯一难以认识的却是自己。许多人因为自己平凡的出身，而不敢去期望自己有不平凡的成就，不敢相信自己能拥有更好的生活，不敢去争取自己能力可以达到的位置，最终却只能自艾自怜地生活一生。

当然，对于好的生活，他们也是渴望的，不过，也仅仅是渴望。

世上大部分不能走出生存困境的人都是因为对自己信心不足，他们就像一颗脆弱的小树苗一样，毫无信心去经历风雨。他们不相信自己，他们自卑、胆怯，甚至轻视自己、看不起自己，常常把自己放在一个低人一等，不被自我喜欢，进而演绎成别人也看不起自己的位置，并由此陷入不能自拔的痛苦境地，心灵笼罩着永不消散的愁云。

被称为"希腊三贤"的苏格拉底在风烛残年之际，知道自己时日不多了，就想考验和点化一下他的助手。一直以来，他都很看好这个年轻人，年轻人不仅对工作尽心尽力有责任感，而且也有相当的能力。这一天，他把年轻人叫到床前，很郑重地说："我老了，需要一位最优秀的传承者来接替我的工作，这个人不但要有相当的智慧，还必须有充分的信心和非凡的勇气……我已经找了好久，但直到目前我还未见到满意的人选，你能帮我寻找和发掘一位吗？"

年轻人听了苏格拉底的请求，很温顺，很诚恳地说到："当然可以，请您放心，我一定竭尽全力地去寻找，绝不辜负您的栽培和信任。"

之后，忠诚而勤奋的年轻人踏上了漫长的寻找之路，他不辞辛劳地跑过许多地方，也尝试着通过各种渠道去寻觅，可他领来一位又一位，都被苏格拉底一一婉言谢绝了。年轻人觉得自己很没用，连老人最后的请求都不能完成，他感到很难过。苏格拉底看着年轻人自责的样子，说："真是辛苦你了，可是你找来的人怎么能成为我的传承者呢？"年轻人不想让老人失望，他说："您放心，我一定会尽全力去寻找。"苏格拉底没有再说什么，只是略带失望地笑了笑。

有一天，感觉自己时日无多的苏格拉底硬撑着坐起来，抚着年轻人的肩膀说："你找来的那些人，其实还不如你……"

听到这样的话，年轻人更加惭愧了，他觉得无论如何他也不能让老人失望，于是，他又竭尽全力地寻找了半年，可半年之后，哲人眼看就要告别人世了，最优秀的人选还是没有眉目。年轻人泪流满面地坐在病床边，语气沉重地对苏格拉底说："我真对不起您，令您失望了！"

苏格拉底看着他叹了口气，说道："失望的是我，对不起的却是你自己啊！"说到这里，苏格拉底很失望地闭上眼睛，停顿了许久，他接着说道："本来，我要找的那个最优秀的人就是你，只是你不敢相信自己，觉得自己没有足够的能力，才把自己给忽略、给丢失了……其实，每个人都是最优秀的，差别就在于如何认识自己，如何发掘和重用自己……"

我们能说这位助手不渴望成为苏格拉底的传承者吗？他是渴望的，可他也仅仅是渴望，他没有为他的渴望去争取，或者说，他不敢相信他渴望的那些东西是可以属于他的。所以，苏格拉底说"失望的是我，对不起的却是你自己啊"！再反过来想，在相当多的时间里，我们抱怨，我们哀叹，抱怨生活的不如意，命运的不公平，可我们在抱怨的时候有没有想过，那些不公平是从哪里来的，那些不如意是谁造成的，如果我们肯努力，那些不公平那些不如意会不会变得好一些。

1921 年 8 月，一位 39 岁的美国人突然患了急性脊髓前角灰质炎，双腿僵直，肌肉萎缩，臀部以下全麻痹了。而这个沉重的打击发生在他作为民主党的副总统候选人参加竞选而败北以后，他的亲属、挚友都陷入极度失望之中，医生也预言他能保住性命已算是万幸了。但他不相信自己的命运就这样栽入低谷，他不甘心自己的生命就这样交给病魔去控制，他"不相信这种娃娃病能整倒一个堂堂男子汉"。

为了锻炼四肢的力量，他经常练习爬行；为了激励意志，他把家里的人都叫来看他与刚学会走路的儿子进行比赛，一次次都爬得气喘吁吁，汗如雨下……

那种场面，任谁见了都忍不住落下眼泪。令人想象不到的是，十余年以后，他终于实现了他曾为之努力奋斗的梦想——奇迹般当选为美国第 37 届总统。坐着轮椅进入白宫的那一天，所有受过的苦难都化成了蜜糖般的甘甜。他，就是美国历史上唯一一位连任四届的总统罗斯福。

面对艰难，放弃或许会比挑战来的容易，但也一定会错过品尝

胜利带来的喜悦。没有哪种人生是值得或者不值得的，只有你
对自己的生命是否真的负起责任。

小孩子考试想拿一百分，每每却都是不及格。他于是说题太
难。可那么难的题不也有同学考满分吗？问题还是出在了不努
力上，他不争取，当然不会有好的结果。说到工作、生活、梦
想、机遇、财富，其结果都是一样，渴望加上争取，才是到达
最终目的地的正确路标。

"算了吧"是不勇敢者的温床

很多人习惯拿自己的经验来做论证："这件事我做不了。""这
是我能力达不到的。"但却很少有人能意识到，其实经验本身
是微不足道的，有时还具有欺骗性。通常情况下，一个人必须
遭遇未知的体验，才能激发出自己的潜能，所以生存的真正喜
悦在于经常能够发现自己未知的新力量，并且惊讶地说出"原
来我竟具有这样强大的力量"，这才是人生最大的惊喜。

一位撑杆跳选手，一直苦于无法超越自己原有的高度。他失望
地对教练说："教练，还是算了吧，这应该是我的极限了。我
实在是跳不过去。"

教练问："在起跑之后，你心里在想什么？"

他说："我一冲到起跳线，看到那个高度，就觉得完了，我肯定跳不过去。"

教练笑了笑，拍拍他的肩说："相信你自己，你一定可以跳过去。你现在要做的就是挺起你的身子来，把你的手放掌在心的位置。"

选手按照教练说的做了。教练又说道："来，现在就大声的告诉自己'我一定能够跳过去！'"

选手疑惑地看向教练，他不明白教练的意思。这时教练认真地看着他，并郑重地点点头，说："按照我的去做，要相信，你一定可以的。"

选手拿起撑杆，按照教练示意的那样，他满怀着信心大喝一声，奇迹出现了，他果然一跃而过。

当这位选手用一副不可思议的表情看向教练时，教练说话了："要记住，任何时候，都不能对自己说'算了吧'，要学会挑战自己，只要把你的心从杆上撑过去，你的身子就一定会跟着过去。"

我们的人生，也是这样的一个赛场，在这个赛场上，我们每个人都是一个撑杆跳选手，不同的是，我们一次次跳过的不是标尺的高度，而是"我不能"的精神和心理障碍。

我们每个人都会在心中为自己复制一幅理想图景，为自己描绘画像。没有哪一个人会比自己心中描绘的做得更好。如果一个天才相信他只是一个庸才，并且一直那么想，那么他就会真的成为一个庸才。如果你习惯对某些需要你去挑战的事情，抱以"算了吧"的想法，那么，你永远也无法跨越那些障碍，激发出你内在的能量，成为一个真正的你。

卓越者从不会说"我不能"，他们总是用自信去激发自己的潜能。这就是为什么一个对自己信心十足但看似平凡的人所取得的成就，往往比一个具有非凡才能但自信心不足的人所取得的成就大得多的原因。

拿破仑·希尔在幼年时便立下大志：长大后，一定要成为一位名作家。

希尔的决心非常坚定，他也非常清楚，要成为名作家，一定要先拥有运用文字的娴熟技巧，所以必须先有一本好字典。可是，在他生长在穷困乡间，日常生活都显得有些艰难，想要存够零用钱去买一本好字典，几乎是不可能的事。

希尔当然是明白的，但是，他不想就这样放弃，有时候，人的坚持就是靠着一个简单的想法，希尔想成为作家，想拥有一本好的字典，抱有这份坚定信念的希尔开始竭尽所能地去积攒能获得或赚得的每一分钱。终于有一天，他存够了钱，买到了一本字数最多、内容最详尽的好字典。

希尔拿到他的字典后，第一件事便是翻到"Impossible"（不可能）这个字，随即把这个字剪下来丢弃。他说："在我的字典中没有'不可能'，我的一生中也永远不会有不可能完成的事。"

有数百万人在他们的人生中拥有能力却不能实现更高的目标，这是为什么呢？是因为他们不相信自己真的具有这样的能力，他们经受了一次失败之后，便习惯了失败，经受了一次打击之后，便习惯了"算了吧"，久而久之，他们就安于自己的"我不能"和"算了吧"的状态中，放弃了尝试的勇气。但如果，你想改变自己目前的处境，那么只有拒绝不可能才会有可能。

一切艰难都终将过去

梅花香自苦寒来，这是自然界告诉我们的一个很简单的道理。一切事物如果想要变得更强，必须经过磨砺，当没有什么磨砺再能够打倒我们时，我们才会成为真正的强者。

事实就是这样，没有经过风雨折磨的禾苗永远不能结出饱满的果实，没有经过挫折艰险的雄鹰永远不能高飞，没有经过百般历练的士兵永远不会当上统帅，而没有走过痛苦，遇过艰难，跨过穷山恶水的我们，也很难认识到真正的自己。所以，我们要相信，所有经历的种种都会过去，过滤完悲伤痛苦，消化完艰难困阻，我们会成长，会坚强，会遇见更美好的自己。

因为，一切苦难终将过去。枯草会发出新绿。凋落的枝头会挂上繁花。流过泪的脸颊会被阳光捂干。受过伤的地方会结痂脱落。我们都一样，会慢慢变好，变得更好。

1547 年，他出生在一个没落的贵族家庭，童年时期跟随父亲四处奔波，直到 19 岁才定居马德里。

他做过侍从，于 1570 年加入西班牙驻意大利军队。第二年经历了著名的勒班多海战，他多处受伤，左手致残，人称"勒班多独臂人"。1573 年他随军驻防那不勒斯，两年后奉命踏上归国旅途，不想路上遭遇柏柏尔族人的海盗船，由于他身上带有两封推荐信，海盗把他当成重要人物，想借机勒索巨额赎金。

被劫持后，他不甘做奴隶，私下劝说并组织同伴们逃跑，可惜被海盗发现，遭受一顿毒打。但他不气馁，还是一次又一次带领同伴逃跑，虽然均以失败告终，但他始终相信，只要还活着，那些艰难总归会过去。34 岁那年，他被家人用钱赎回。他以英雄的身份回国，却未得到重视，对此，他并不在乎。人总是要生存下去的，为了生计，他开始写文章。终于，在 1585 年他出版了自己的第一部作品——田园牧歌体小说《伽拉泰亚》。对这部作品，他自己虽感觉很满意，遗憾的是并未引起文坛注意。

1587 年他接受了皇家军需官的职务，辗转于村落之间采购军需品，深入百姓生活，也借此为自己的作品找素材。不想这样安稳的日子没过多久，他便再次蒙受劫难，1593 年他受人诬陷以账目不清的罪名被捕入狱。

获释后，他回到马德里，被派任格拉纳达税吏。四年后，又因储存税款的银行倒闭，被人指控私吞钱财，再次入狱。一个人遭受如此多的厄运和打击，人生简直就是糟糕到了极点，还有什么比这样的人生更可悲的呢？然而，这些在常人看来几乎要绝望的遭遇却从未击垮他的心，即使身在监狱，他也不忘构思剧本。

一年后，也就是 1598 年，他再次获释出狱，在生活最窘迫的时候，靠文字养家糊口。他给商品写广告词，应剧院邀请写了三四十个剧本，但演出后并未取得成功。接连不断的打击就像一个看不到光明的长夜，他摸索着，坚信着，只要能活着，只要能继续往下走，总归能看到光亮和希望。之后，他开始了《堂·吉诃德》的创作。1605 年，《堂·吉诃德》一书一经出版，立即风行全国，一年之内竟再版六次。

故事讲到这里，很多人应该知道了他的名字。他就是欧洲近代现实主义小说的先驱塞万提斯。但这部伟大的著作并未给他的生活带来改善，由于书中对时弊的讽刺与无情嘲笑引起封建贵族与天主教会的不满与憎恨，他虽然得到了不朽的荣誉，生活却更加艰难。

厄运就像影子一般，紧紧尾随在塞万提斯的身边，不久后他又卷入一场官司中，和家人一起被关进监狱。即便如此，他仍旧不肯向命运低下他高贵的头颅，获释后继续用手中的笔和生活作斗争。1615 年，他又推出了《堂·吉诃德》第二部，1616

年他身患严重水肿，在贫病交加中去世。

就是这样一个多灾多难的人，即使一再遭遇挫折，受到生活的欺骗，但他在艰辛的生活之路上，依然奋勇前行，最终为世人留下了一批"人类历史上最伟大的作品"。他说：假如生活欺骗了你……一切都将会过去……

讲这样一个故事，很多人可能会觉得太过沉重。也许有人会认为塞万提斯的一生遭遇了那么多的不公平，最终上帝也没有给他开一扇幸运的窗子。又有谁能说他不是幸运的呢，有多少人能一辈子只坚持做一件事，而且这件事是自己所追求的所钟爱的？

人活着，总要走路，不管是平坦的还是崎岖的，也不管是阳关大道还是羊肠小路，人生的路总是需要自己走出来，而活着最重要的就是走出一条属于自己的路，而不在乎它有多曲折或有多辽远。心有多大，舞台就有多大。如果一个人不具有突破前人的气魄，那他的心只会囿于现有的视野，庸碌一生。正像尼采曾说过的那样：对待生命你不妨大胆一点，因为你好歹要失去它，何必总让自己陷入一片泥泞呢？

站起来，去触摸梦想

每个人都有属于自己的梦想。梦想是一个人对未来的追求，梦想是来自远方的美丽诱惑，我们因为有了梦想，而变得更有力量，也因为有了梦想，我们才有了对抗一些阻碍的能量，所以有人说，梦想是人生的太阳。

一个人如果失去了梦想就等同失去了方向，从而成为在原地周旋的庸人。

梦想也可以说是人生的总目标。而所谓目标，向上看是信仰，向下看是意识；向远看是志向，向近看是计划；向外看是抱负，向内看是责任。这就是说，任何伟大的梦想，没有植入你的潜意识或没有成为切实可行的计划及责任之前，都是一种空想，它只能画饼充饥，毫无现实意义。

一如戴高乐所说："唯有伟大的人才能成就伟大的事，他们之所以伟大，是因为决心要做出伟大的事。"

伯尼·马科斯是美国新泽西州一个贫穷的俄罗斯人的儿子。亚瑟·布兰科则生长在纽约的中下层街区。在那儿，他曾与少年犯为伍。当他15岁时，父亲去世。布兰科说："在我的成长过程中，我一直确信生活不是一帆风顺的。"

1978 年，布兰科和马科斯在洛杉矶一家硬件零售店工作时，被新来的老板解雇了。第二天，一位从事商业投资的朋友建议他们自己办公司。马科斯说："一旦我不再沉浸在痛苦中，我便发现这个主意并不是妄想。"

后来，马科斯和布兰科经营的家庭库房设备，在美国迅猛发展的家用设备行业中处于领先地位。马科斯说："当你绝望时，你有人生目标吗？我问了 55 名成功的企业家，40 名都确切地回答：'有！'"

如果你从不期待成功，从不相信自己，那么摆在你面前的也将永远是一连串的"不可能"。对自己充满信心，意志坚定，才是获得成功的前提条件。正如每条河流都需要有源头，期待、自信和不懈努力正是成功之源。无论你接受了什么程度的教育，无论你的智商多高，如果你没有信心和耐心，永远也不可能获得成功。相信自己能做到，你才能做到，反之，那些梦想，你永远都无法企及。

一只鹰蛋从巢穴里滚落出来，掉在了草堆里。正巧有个农夫经过发现了它，但农夫误以为是一只鸡蛋，就把它拿回家放在了鸡窝里。

正巧鸡窝里有一只母鸡正在孵蛋，被扔进去的这只鹰蛋就这样戏剧性地被孵化了出来。

不可避免地，从鹰蛋里孵化出的小鹰被当作一只小鸡喂养着，过着鸡一样的生活。由于它长相古怪，许多伙伴都欺负它。为此，它感到很难过。

有一天，它跟着鸡群去稻场上啄谷子。忽然，山那边有一道黑影飞掠过来，小鸡们惊慌失措，到处躲藏。等到危机过去，大伙儿才算松了一口气。

"刚才那是一只什么鸟啊？为什么你们那么怕它？"小鹰问。

小伙伴告诉它："那是一只鹰，翱翔于蓝天的鹰。"

"喔，那只鹰真了不起，飞得那么高，那么自在！"它一边说着一边羡慕不已，"如果有一天，我也能像鹰一样飞起来，那该多好"！

伙伴们听了毫不留情地训斥它说："伙计，你就不要异想天开了，你生来就是一只鸡，怎么可能像鹰一样飞呢？"

小鹰望着天空，失望地想：是啊，我是一只鸡，怎么可能像鹰一样飞翔呢？

鹰的境地其实和人的处境并无分别，人生来就像那只落在鸡窝里的鹰蛋，不同的是人往往会被周围的环境所同化，认为自己的命运本该如此。其实，一个人能成为什么样的人，能做什么样的事，并不取决于他所处的环境，关键是看他如何看待自己，是否努力争取过去成全自己。试想一下，如果那只鹰坚信自己是可以飞翔的，并给自己一次尝试的机会，结果或许会完全不一样。所以，你想成为怎样的人做怎样的事，才是你生命的意义，想，那么就要付诸行动去做。可现实生活中，我们往往都给自己设定了限制，直到有人将它开发出来，我们才会知道自己究竟能够做什么。

自己不被别人起用了，就把自己给弃用了，自己不被别人大用了，就把自己小用了，这样的人，永远不可能真正活出属于自己的精彩。

有一句话说得好："眼睛所看着的地方，就是你会到达的地方。"一个人能走多远，取决于他能想多远；一个人成功的程度，取决于他胸襟的广阔，梦想不是一日看尽长安花。埋下头来一小步一小步地走，哪天抬起头说不定看到的就是那片你期待了很久的天空。就像有人说的，梦想有脚，它可以自己回家。

小心，别成为习惯被支配的人

原来是一扇虚掩的门

公司组织拓展训练，800 米跑步的单元，你总是落后的那一个，之后再参加，你索性就不那么拼了，反正最终还是最后一个，拼也无用。

周末约好朋友晨练，结果被懒觉误了点。一次这样，二次这样，索性就取消了晨练，你对自己说，反正是起不来，索性睡下吧。

朋友说，跟我学游泳吧。你回，还是算了吧，都报了好几次名了，反正也学不会。

孩子说，来和我比赛玩魔方吧。你拍着孩子的头，说，小孩子头脑聪明，一学就会，我是不行了，学不会的。

……

这样的事情，你遇到过吗？或者类似的事情，在你身上发生过么？不用想，一定发生过的。

对于一些我们曾挑战失败的事情，我们总是能在瞬间找出诸多的理由。不行的，我试过的。算了吧，我肯定不行。或许在做这样的回答时，你的心是跃跃欲试的，但是你的失败经验，你的习惯已经提前告诉你：你，不行的。于是，你便相信自己不行了，你便在还没有做出尝试的时候就把自己否决了。时间长了，你觉得自己不行的事情越来越多，你觉得自己越来越糟糕，你觉得别人那么棒，而自己却不行。

就这样，你把自己放进了一个笼子，也曾试图飞出去，有了几次失败，你便相信自己这一生都飞不出去了。哪怕，那扇小门虚掩着，你也没有信心再尝试了。

在 1968 年的墨西哥奥运会上，美国选手吉·海因斯以 9.95 秒的成绩打破了男子百米赛跑的世界纪录。据当时的摄像镜头记录，他在撞线后回头看了一眼记分牌，然后摊开双手说了一句话。这一画面后来通过电视媒体，至少被上亿人看到，但由于当时身边没有话筒，海因斯到底说了句什么话，谁都无法知晓。

1984 年，洛杉矶奥运会前夕，一位叫戴维·帕尔的记者在办公室回放以往奥运会的资料片。当再次看到海因斯的镜头时，他想，这是历史上第一次有人在百米赛道上突破 10 秒大关，海因斯在看到纪录的那一瞬，一定替上帝给人类传达了一句不同凡响的话。戴维·帕尔凭直觉感到这一新闻点被 400 多名记者给漏掉了（在墨西哥奥运会上，到会记者 431 名），实在是太遗憾了。于是他决定去采访海因斯，他想弄清楚在那样一个关键的时刻，海因斯到底说了句什么话。

凭借做体育记者的优势，戴维·帕尔很快找到了海因斯，但是毕竟时隔 16 年，面对戴维·帕尔的提问，海因斯一头雾水，他甚至说自己当时并没有说过话。戴维·帕尔坚定地说："你确实说话了，录像带上的画面可以证明这一点。"他说完便打开带去的录像带放给海因斯看。海因斯看完后望着戴维·帕尔笑了起来，他说："难道你没听见吗？我说，上帝啊！那扇门原来虚掩着。"

谜底揭开后，戴维·帕尔接着对海因斯进行了采访。针对那句话，海因斯说："自欧文斯创造了 10.3 秒的成绩之后，医学界断言，人类的肌肉纤维所承载的运动极限不会超过每秒 10 米。看到自己 9.95 秒的纪录后，我惊呆了，原来 10 秒这个门不是紧锁着的，它虚掩着，就像终点那根横着的绳子一样。"

这个采访公开之后，给世人留下了巨大的震撼，尤其是海因斯的这句话——"上帝啊！那扇门原来虚掩着。"它启迪我们认识到，在这个世界上，只要你愿意去尝试，愿意去突破，就会发现许多门都是虚掩着的。

其实，这个道理可以运用在我们生活中的方方面面，一个人要想让自己的人生有所转机，就必须懂得在关键时刻把自己带到人生的悬崖。给自己一个悬崖，其实就是给自己一片蔚蓝的天空，就能发现自己的另一种可能，而这种可能，是你的生命原本就具有的禀赋。

拿破仑·希尔有一句名言："一个人一生中唯一的限制就是他内心的那个限制。"很多极限，很多障碍，只有我们自己当它有的时候，它才有。如果我们不去给自己设限，我们的人生就会有更多美好的可能和不可思议的创造。

就像，很多门都是虚掩着的，只要我们伸出手，就能推开。

你在担心什么呢

明天的会议要不要参加呢？如果表现不好怎么办呢？

简历怎么填写呢，如果被拒绝了怎么办？

要穿那件衣服才会比较合适呢，总得要给对方留个好印象吧！

唉，周末不知道是什么鬼天气呢，到底要不要去郊游呢？

明天是第一次登上讲台，什么样的话题比较受欢迎呢？

……

类似于上面的问题，很多人都有可能遇到过。明明今天的时光
我们还没有来得及享受，却已经开始为还没有发生的事情担忧
了。可这些担忧的问题真的就会存在吗？你用了一个今天的时
间，去想明天约会该怎样表现，却在第二天走到约会对象面前

时发现，那些担忧的事情并没有发生，你可以很好地和对方交流，也可以很好地找到合适的话题。而你之前做的所有功课，却毫无用处。之后你会懊悔：我到底在担心什么呢？明明还没有发生的事情，我却浪费了珍贵的一天。

是呢，我们到底在担心什么呢？

有一个快乐的农夫，每一个早晨他都有些迫不及待地向新的一天问好："上帝，早上好！"他的邻居，一个心事重重的中年农妇，每天早上的问候语与他类似："上帝，早上好吗？"

这两个人似乎是一个对立的世界，一个总是快快乐乐，一个总是愁容满面；一个乐观自信，一个悲观多疑；一个总是发现机会，一个总是找寻问题……

又一个阳光明媚的早晨，农夫欣喜地对邻居喊道："多么明朗的天空！你曾经看到过这么壮丽的日出吗？"

"是的，天空的确很晴朗。"她回应道，"但它同时也会带来炎热，我真担心它会把农作物烤焦"。

在上午的阵雨过后，农夫欢欣感慨说："这真是一场及时雨啊，农作物今天可以开怀畅饮一次了！"

"但愿老天能见好就收，别一下就下个没完，那样的话，农作物可是吃不消的。"农妇依旧忧心忡忡。

"即便如此，你也大可不必如此担心，别忘了，我们都参加了洪水保险的。"农夫安慰农妇说。

为了让心事重重的邻居开心快乐起来，农夫费尽周折地弄来了一条漂亮的狗。这可不是一条普通的狗，而是一条训练有素、身价不菲的德国犬，它有很多让人啧啧称赞的技能。农夫深信，这条不同寻常的狗一定能够让他的邻居的脸上写满惊喜。

这一天，农夫特意请来农妇，请她观赏德国犬的精彩表演。

"把木棍给我取回来！"农夫把一根木棍扔进湖里，大声命令道。德国犬在听到主人的命令后，立即飞快地向湖边跑去，并毫不犹豫地跳进了湖中。它在湖中上下翻腾着，一会浮出水面，一会沉入湖底，没过多久，就口衔木棍回到了主人身边。农夫赞赏地抚摸着德国犬的脑袋，兴高采烈地问农妇道："怎么样？这家伙表演得还可以吧？"

农妇听言，一边拍着胸口一边眉头紧皱地回答道："我都快揪心死了！我看它在湖里上下翻腾，总担心它的水性不够好，生怕它淹死在湖里！"

如果没有农夫的衬托，我们不会认为农妇所担忧的事情有多么不可理喻。事实上，如故事中的农妇一样，我们也常常会做出如此可笑的事情，殊不知，那些被我们所担忧的事情，多半是不存在的，即使有，到了那一刻也自会有解决的方法。

为什么一定要为自己设置一些原本不存在的障碍，进而忧烦担心呢？这世上，心态豁朗的人总会比悲观的人生活得顺心如意。就像有的人，整天开开心心、快快乐乐，烦恼似乎永远找不到他的家门；而另外一些人，天天愁云密布，眉头不展，烦忧之事似乎成了家中常客，一件紧接着一件。

不要为还没发生的事情忧虑，活在属于你的当下，这才是一个生命该有的状态。

1871 年春天，一个年轻人，作为一名蒙特瑞综合医院的医科学生，他的生活中充满了忧虑：怎样才能通过期末考试？该做些什么事情？该到什么地方去？怎样才能开业？怎样才能谋生？心烦意乱之下，他拿起一本书，他想借助一些方法让自己平静下来，不然，他真担心自己会疯掉。

在这样的状态下，他翻开了那本书，也由此看到了对他的前途有着很大影响的 24 个字。

正是这 24 个字，使 1871 年的这位年轻的医科学生成为当时最著名的医学家。他创建了闻名全球的约翰·霍普金斯医学院，成为牛津大学医学院的钦定讲座教授——这是大英帝国医学界所能得到的最高荣誉——他还被英王封为爵士。死后，记述他一生经历的两大卷书，原书达 1466 页。

他就是威廉·奥斯勒爵士。1871 年春天他所看到的那 24 个字帮助他度过了无忧无虑的一生。这 24 个字就是："最重要的是不要去看远处模糊的，而要去做手边清楚的事。"这是汤姆斯·卡莱里所写的。

威廉·奥斯勒认为自己之所以能获得成功的秘诀在于：让自己生活在"一个完全独立的今天"里。

已发生的就让它过去，未发生的不必去想它是如何的样子，一个人只有活在属于他的时刻里，全心全意享受那一刻带给他的所有情绪，他才有资格说："我拥有这一天的时光，拥有这一刻的生命。"反之，还有什么是属于你的呢？命运中有那么多的不能预料，谁又能知道下一刻会发生什么呢？你在，或者你不在？

一位作家这样说过："当你存心去找快乐的时候，往往找不到，唯有让自己活在'现在'，全神贯注于周围的事物，快乐才会不请自来。"或许人生的意义，不过是嗅嗅身旁每一朵绚丽的花，享受一路走来的点点滴滴而已。毕竟，昨天已成历史，明天尚不可知，只有"现在"，才是上天赐予我们的最好礼物，至于明天，自有明天的事情或者明天的烦恼，不过，这和今天快乐的你又有什么关系呢？

你总要有一种品质

张晓风说："生命，何尝不是一样的呢？所有的垂死者几乎都恋栈生命，但我们真正深爱的，是生命中的什么呢？如果生命是一瓮酒，我们爱的不是那百分之几的酒精成分，而是那若隐若现的芬芳。如果生命是花，我们爱的不是那娇红艳紫，而是那和风丽日的深情的舒放。如果生命是月球，我们爱的不是那些冷硬的岩石，而是在静夜里那正缓缓流下来的温柔的白丝练。如果生命是玉，我们爱的不是它的估价表，而是那暖暖柔光中所透露的讯息。"

生命是什么呢? 任谁也说不出一个能让所有人认同的标准答案, 可这又有什么关系呢? 这不会妨碍我们去热爱生命, 不会妨碍我们去寻找生命该有的意义。一个人活着, 总有一种念头在, 那就是——我要好好活着。

但活着并不只是一呼一吸的事情。我们总是要做些什么的, 不是为他人, 而是为我们自己。小时候, 父母教我们走路; 长大一点, 老师教我们知识、道理。他们给我们打开一扇认识世界的窗, 至于怎样去做, 则全要看我们自己的选择了。

一位父亲带着儿子去参观梵高故居, 在看过那张小木床及裂了口的皮鞋之后, 儿子问父亲: "梵高不是位百万富翁吗?" 父亲答: "梵高是位连妻子都没娶上的穷人。"

第二年, 这位父亲又带儿子去了丹麦, 在安徒生的故居前, 儿子又困惑地问: "爸爸, 安徒生不是生活在皇宫里吗?" 父亲答: "安徒生是位鞋匠的儿子, 他就生活在这栋阁楼里。"

这位父亲是一个水手, 他每年往来于大西洋各个港口; 他的儿子叫伊东布拉格, 是美国历史上第一位获普利策奖的黑人记者。20年后, 在回忆童年时, 伊东布拉格说: "那时我们家很穷, 父母都靠卖苦力为生。有很长一段时间, 我一直认为像我们这样地位卑微的黑人是不可能有什么出息的。走到今天，我很感谢我的父亲，是他为我打开了一扇希望之门，让我看到了梵高和安徒生，我开始懂得，上帝没有轻看卑微。"

伊东布拉格无疑是成功的，他成功的关键又是什么呢？是他对生命的认知和承担。很多人去看过梵高和安徒生的旧居，但也只是看过。很多东西都是如此，看是表面的，感触才是真实有用的。如果伊东布拉格没有这段经历，他可能会因为卑微的出身而不敢对好的生活有任何奢望，他会给穷苦的命运打上烙印，如他父亲一般靠卖苦力为生。很庆幸的是，他没有被这些世俗的观念所束缚，他选择了给自己的生命一个出口。

其实，没有任何一个人的命运是被注定的，只要你还保有一种好的品质：承担、勇敢、不放弃……把这些能够为生命加冕的品质当做一颗种子，默然播种在心里，然后静待它的萌芽，成长，最后它会结出我们想要的果实。要相信，没有任何人是懵懂的傻子，明明知道前面艰辛难行，却还要翻山越岭。我们只需知道，小小的明媚，也能够绽放成我们心中的一片晴空。

欧洲的一位教育心理学家在一所大学进行过这样一项调研：他让200名大学生如实选择自己崇拜的名人，如果不欣赏可不必选择。提供的四个选项分别是：A. 巴尔扎克 B. 毕加索 C. 贝多芬 D. 不知道或都不欣赏；此外，他还在问卷上对三位艺术家进行了简单的生平介绍。

最后的结果是：百分之三十的学生欣赏巴尔扎克，百分之二十的学生敬佩贝多芬，百分之十的学生崇拜毕加索，其余的百分之四十选择了 D。

当然，这件事情并未就此结束，几年间，这位教育心理学家对其中的大部分被调查者进行跟踪研究。若干年后，他发现了不少有价值的东西：欣赏巴尔扎克的学生大多都在各自的公司干得颇有成就；敬佩贝多芬的学生中有的后来经历不少挫折但都挺了过来，而且事业发展也相当出色；崇拜毕加索的学生显得更突出，有的当了集团老总，有的拥有自己的公司；而那些选择 D 的学生，一些失业在家，一些虽有工作却大多略显平庸，只有极个别的有较好的发展。

对此种结果，心理学家做了深入分析，他发现：巴尔扎克是世界上最勤奋努力的作家，他每天通宵达旦、笔耕不辍，有一个精心安排的作息时间表，从不"犯规"，最终写出几百部中长篇佳作。贝多芬历经生活坎坷、婚姻波折、耳聋困扰，仍创作了流芳千古的伟大音乐诗篇。毕加索是一位看似怪异的画家，他的作品并不被人欣赏，可他死后，世人惊奇地发掘出画作的伟大价值和艺术灵性。三位艺术家虽然都是才华盖世、成就斐然，可所具备的品质却各有侧重：巴尔扎克勤奋努力；贝多芬坚强有恒心；毕加索聪慧极具创新意识。

当然，不可能每个人都会成为像贝多芬、巴尔扎克、毕加索那样的伟人，但我们至少可以让生活过得更美好，工作干得更出色，这是我们对生命最起码应该履行的一份责任。此项调查，也让我们大家明白了一个道理：想要获得好的生活，你总要拥有一种优良的品质。

你可以不出人头地，但你总要付出应有的劳动去为自己创造好一些的生活。你可以没有万贯财产，但你总要有食物果腹，有住处安身吧。你可以不喜欢动手劳苦，但你要有灵活的思维足够的智慧去挣取薪酬。就像女作家玛丽韦伯说的："不论你爱好什么都可以，但是，你总得有所爱好。"有所爱好，有所希冀，生活中有值得我们去渴盼的东西，我们的灵魂才有能所寄托，我们的生命才能有所依附。

习惯了依靠，你如何能独自行走

我们总会期望当一切不顺心不如意的事情发生时，总有一个人能站在身边，替我们去化解这一切的艰难。

女人想：找个可以依靠的男人吧，这样，就算有艰难，那个人也会给自己撑起一片天。

孩子想：有什么可害怕的呢，一切都还有父母呢，再艰难的事情，他们也能帮我解决。

下属想：搞不定就搞不定吧，反正还有领导在，领导肯定能找到好的解决方法。

……

困难是一时的，能求人解决的就解决了，可人生是一辈子的事，谁又能让你依靠一辈子，替你扛起整个人生呢？

人总是要学着自己去成长的，苦也好，乐也罢，我们逃不开，也躲不掉。

把自己的人生寄予在别的灵魂之上是很难获得安全感的，并不是每个人都能像凌霄花那样攀缘高枝炫耀自己，因为这个世界上没有那么多供你依靠的大树。即使有，也不是一劳永逸的，如果大树倒了，你该怎么办？

美国石油大亨老洛克菲勒曾张开怀抱鼓励孩子从桌子上跳下来，可当孩子跳下来的时候老洛克菲勒并没有去接住孩子，而是让孩子记住："凡事要靠自己，不要指望别人，有时连爸爸也是靠不住的!"

小时候，他家境贫寒，读完职高后，他进入一家印刷厂，成了一名打字员。这对于多数人来说，是一份挺不错的工作，可心怀梦想的他，放弃了这份工作。他来到一家星级酒店，当起了服务员，要知道，当一名服务员要忍受多少白眼，要承受多少顾客的辱骂和领导的呵斥，但他总是坚持把自己的事做好。通过努力，他很快升为领班，最后当上了大堂经理。一次，他看到那些在酒店舞台上倾情演唱的歌手，一向对音乐痴迷的他找到老板说："可不可以在不收钱的情况下，在所有人都唱完之后，让我也上台唱一首?"老板答应了他的请求。结果，一首好歌被他唱跑了调。

一位年长的歌手看他这么喜欢唱歌，就鼓励他去找一位专业老师学习。后来，他真就去找了一位老师，老师没有嫌弃他的基础差，教了他很多音乐方面的知识，并鼓励他报考专业歌舞团。凭着自己的悟性，他成了一名专业歌手，这使他又朝着自己的梦想飞跃了一大步。但在歌手如云的乐坛，想拥有自己的一席之地，谈何容易。后来他回忆起这段往事时，说道："在歌手的道路上，每扇大门都是紧闭着的。"

于是，他背着梦想的行囊，来到了机遇与挑战并存的北京，寻求新的出路，只是他没想到，这条路走得会那么辛苦。兴许是上天有意眷顾他。一次，他陪一个朋友去考电影学院，朋友出师不利，可他却得到了监考老师的赞许。

就这样他走进了电影学院，后来凭借在《像雾像雨又像风》、《金粉世家》、《云水谣》、《画皮》等影视剧中的出色表演，他成了炙手可热的影视明星，赢得了无数的奖项，他就是陈坤。

在接受一次专访时，主持人问起他的成功经历，他说："妈妈常常告诫我，'你只能靠自己'，这句话一直激励着我。"

生命是谁的呢？是自己的。生命是可再生的么？不是，是唯一的。那这样珍贵又唯一的生命怎么能够说依赖谁就依赖谁呢？别人能给你的生命以荣耀和幸福么？别人的始终都是别人的，就像一呼一吸之间无人能替代一样。

独立行走，让猿终于成为万物灵长；扔掉手中的拐杖，你才可以走出属于自己的路。人生的轨迹不需要别人定度，只有自己才能为自己的人生画布着色。

雨果曾经写道:"我宁愿靠自己的力量打开我的前途,而不愿求有力者的垂青。"英国历史学家弗劳德说:"一棵树如果要结出果实,必须先在土壤里扎下根。同样,一个人首先需要学会依靠自己、尊重自己,不接受他人的施舍,不等待命运的馈赠。只有在这样的基础上,才可能做出成就。"

抛开依赖的拐杖,成为一个独立的人,这是一个把生命真正握在自己手里的人必须的能力。

对爱你的人说:我做我自己

傍晚,园丁到花园散步,他惊讶地发现几乎所有的花草树木都郁郁寡欢,没有一点儿生机,经过一番询问之后园丁才知道,橡树自怨没有松树俊秀,所以感到遗憾;松树又恨自己不能像葡萄那样多结果子,因此显得郁闷……

而在花园的一个角落,有一株小草,在晚风中迎着夕阳开出灿烂的花朵。

园丁难得看到这样有生机的生命,欣喜地问小草:"你那么渺小,为何却能开出这么美好的花朵?"小草微笑着说:"我不是橡树,也不是松树,我只是一株小草,所以我尽力地开好我这朵花，快乐地做好我自己。"

是呢，还有什么比快乐地做好自己更重要的事情呢？当然，或许在橡树、松树眼里，小草是寂寞的，是卑微的，那么矮小脆弱，那么不值一提。可这些于小草而言，却是微不足道的，它不寂寞，它生长在田野里，小路边，山冈上，山坡角，湖泊畔，轻风和它呢喃，晨露和它做伴；它早晨迎着朝阳，傍晚送走夕阳。它给空气以清新，给大地以生机，给自己以欢喜，因为，它能快乐地做它自己。

我们呢？也能如此吗？

小时候，大人们说："不好好念书，就是对不起父母。"

毕业前，老师说："记住，你们不仅仅是为你们自己读书，还有那些爱你们的人。"

工作后，亲朋好友说："好好工作，出人头地才是好的。"

……

这样的话，我们几乎从小听到大，为了这些敦促，我们努力，我们扛下所有苦，擦掉所有痛和泪，尽力做到他们眼中优秀的样子，成为他们期望中成功的人。可是，我们却忘记了问问自己："这也是你想成为的样子么？"是么？是吧，又或者不是？

他小时候爱唱歌，念书的时候，他是班里的文艺骨干，表演节目，唱歌跳舞，都是有模有样。父亲认为小孩子好好读书，把文化知识掌握好了才是正经事，于是，严令喝止了他唱歌的爱好。他从小懂事，既然父亲不喜欢，那就算了。他如是想。

中学时候，教音乐的老师觉得他很有演唱天赋，天生一把好嗓子，白白放弃很可惜，便找他恳谈了一番。他想，真好，原来自己真是有天赋的，原来自己真是有未来的。可转念一想到父亲，他心里的希望瞬间就冷却了。最后，他看着老师，坚定地摇摇头，转过身的时候，却已泪流满面。

就这样，他在父母的期望中一路长大，在亲朋近邻地夸赞中长大，他学习好，听话，具备一个传统好孩子身上都具备的特质。只是，这样的成长中，几乎没有属于他自己的意愿。

高考那年，被寄予太多期望的他由于压力太大，昏倒在考场上，那些被寄予的期望落空了。父亲说，没事，来年我们再考，你学习那么好，一定能考上好学校，光宗耀祖。这次，他没有回应父亲的话。一场病，让他似乎清楚了自己到底该走怎样一条路。

"我不考了，再复读一年，肯定要不少钱，还是算了。"

"怎么能算了，街坊邻居都看着呢，我们做父母的这辈子图什么呢，不就是盼着儿女将来的生活比我们好吗。孩子，听话，好好学一年，你以后就有好日子过了。"

这次，他没有听父亲的，等病一好，他就拿着自己攒下的生活费出去谋生活了。他给父亲留了信。他说，他想为自己争取一次，做自己喜欢的事情。他说，你们若是真的爱我，就应该让我做我自己想做的事，成为自己想成为的样子。

父亲拿着那封信，看着一墙的奖状，什么也没说，他觉得他理解的爱和儿子的爱不太一样。

后来，他成了一个歌手，也给很多明星大腕写歌，他没有多少名气，但是能做自己喜欢的事，能成为自己想成为的人，已经是他最大的欢喜和幸福。后来，父亲也听他的歌，看着他那么自由那么快乐的唱歌的样子，父亲仿佛能体会他的心了。

其实，这世界上的爱是相通的，到达爱的路或许有很多种，但是结果都只有一个，那就是我们爱的那个人能够开心幸福。所以，你如果还为父母亲人那沉重的爱而心生疲惫，那么，就请大声地告诉他们，告诉他们你的心声，告诉他们你想做你自己。这不是多么难以企口的事情，这是为了让你们可以更相爱，让你们的心更贴近。因为，我们只有先成为我们自己，然后才有力量去爱我们爱和爱我们的人。

也许有的人一辈子都没有为自己做主过一次，一直在努力达到别人的要求，按别人的意愿做事，时时处处想到让别人满意，这其实是一种悲哀人生。真实人生的风风雨雨，只有靠自己去体会、去感受，任何人都不能为你提供永远的荫庇。

自己的道路，再亲密的人也不能替你走，真实的人生风雨只有自己能感受，遇到困难就退缩，我们永远无法获得真正的成长。

你总能寻到独属于你的美好

每个人的生命里，总有几种专属于自己的温暖美好。这些美好，就像结在枝头的浆果，要想品尝到它独特的香甜，我们不仅需要敏锐的觉察能力，还需要足够的耐心和付出去采摘它。

无论如何，有些东西永远都不会在尘俗里减损自己的光泽。不管是美好本身，还是我们对美好的觉察能力，都可以在漫长的时光里，一点点被我们拾起，小心地擦拭干净。无论何时，它都可以照得出天地的温暖与澄明，照得出内心的安然和寂静。

一场车祸之后，他在公墓做了守墓人。一天，守墓人收到一个不相识的妇人的来信，信里附着钞票，妇人拜托守墓人每周在她儿子的墓前放一束鲜花。之后的很多年，守墓人每个星期都会收到这样的一个信封。

直到有一天，一辆小车停在公墓大门口，司机匆匆来到守墓人的小屋，对他说："每个星期给你寄信的那位夫人来看你了，不过她病得很重，下不了车，不能走来看你，所以请你过去一下可以吗？"

守墓人答应了。他跟着司机来到停车的地方，他看到一位上了年纪的妇人坐在车里，那位妇人看上去气质很高贵，但眼神哀伤，毫无光彩。

在守墓人看向妇人的时候，妇人也正巧望向他，她的怀里抱着一大束鲜花。

"您好，我就是亚当夫人。这几年我每个礼拜给你寄钱……"

"我知道，您是让我买花。"守墓人答道。

"对，给我儿子。"

"我每次都会把买来的鲜花放在您儿子的墓前，夫人。"

"是的，我当然相信您，真是辛苦您了。我这次亲自过来看看，是因为医生说我活不了几个礼拜了。唉，死亡没什么可怕的，反正活着对我也没什么意义了，我只是想在临死前再看一眼我的儿子，亲手来放一些花。"

守墓人眨巴着眼睛，苦笑了一下，决定再讲几句。于是，他说道："夫人，我有句话想对您说，还希望你不要生气。"

"您请说吧。"

"这几年你常寄钱来买花，我总觉得可惜。"

"可惜？为什么？"

"鲜花搁在那儿，几天就干了。没有人闻到它的芬芳，也没有人看到它的美丽，真是太可惜了！"

"你真的这么想的？"

"是的，夫人，你别见怪。我是想起来自己常去医院、孤儿院，那儿的人可爱花了。他们爱看花，爱闻花。那儿都是活人，可这墓里躺着的人哪个知道有这么美丽的花放在这里呢？"

妇人没有作声。她只是小坐一会儿，默默地祷告了一阵，没留话便走了。守墓人后悔自己一番话太率直、太欠考虑，这会使她受不了。

可是几个月后，这位老妇人又忽然来访，把守墓人惊得目瞪口呆：这次，她是自己开车来的。

"我把花都给那些孤儿院和医院的人们了。"她友好地向守墓人微笑着，"你说得对，他们看到花可高兴了，这真叫我快活！你知道吗，我的病已经好多了，医生也不明白这到底是怎么回事，可是我自己明白，人只要活着，总是有希望的。你看，有很多人需要我，我也愿意让自己活得更有意义些"。

的确，一个人如果想从绝望中走出来，勇敢快乐地活着，就应该选择去看到生活阳光有生机的一面。只有这样，他才能走出心灵的暗房，拥抱太阳的温暖。一如老妇人所言：只要人活着，总是有希望的。她找到了活着的真正意义，也重新唤起了内心深处对生命的热爱！

希腊神话中有这样一个故事：西西弗斯触怒宙斯，被惩罚每日推巨石上山，永无止境。这是一项枯燥又无休止的任务，西西弗斯似乎应陷入无边的苦闷与绝望中。然而，有一天他下山来时，却笑容满面，神采奕奕。另一位神便纳闷地问他："为什么做着这么无聊的工作还如此高兴？"

西西弗斯很兴奋地向他展示了自己的收获："你看，我今天在路上采到了一朵多么漂亮的花！"

其实，生活中总有一些美好的东西值得我们去欢喜去拥抱。钱钟书先生在《论快乐》这样写道："洗一个澡，看一朵花，吃一顿饭，假使你觉得快活，并非全因为洗澡的干净，花开的好，或者菜合你的口味，主要是你心上没有挂念，轻松的灵魂可以专注地来欣赏，来审定。要是你精神不痛快，像离别的筵席，随它怎样烹调得好，吃起来只是泥土的滋味。快乐纯粹是内在的，它不是由于客体，而是由于人们的思想观念和态度而产生的。"

重新来认知你所面对的世界吧，累了，去散一会儿步。到野外郊游，到深山大川走走，散散心，极目绿野，回归自然，荡涤一下胸中的烦恼，清理一下浑浊的思绪，净化一下心灵尘埃，唤回失去的理智和信心。唱一首歌也好，一首优美动听的抒情歌，一曲欢快轻松的舞曲或许会唤起你对美好过去的回忆，引发你对灿烂未来的憧憬。就像乌云上也能找到镶嵌的金边，夜幕上也能看到璀璨的星辰一样，你看，做着那么枯燥且永无止境的工作的西西弗斯，都找到了一朵美得能令他激动的野花，我们为什么就不能安然地享受生命赠与我们的每一丝美好呢？

是的，请先爱自己再及他人

身体，你好么

美国著名现实主义作家杰克·伦敦的名作《热爱生命》发表后，引起全国巨大轰动，在接受华盛顿邮政记者采访时，他意味深长的说："一个人来到这个世上不容易，无论如何不能对不起生命。"的确，生命只有一次，珍贵无比，一辈子的光阴弹指一挥间，没有了生命任何东西都无用，所以人一生一世活着就要珍爱生命。如何珍爱生命，首要的条件就是爱惜自己的身体，珍视自己的健康。

早睡早起，规律的作息时间有益健康，这句话所有的人都明白，但是又有几个人能够做到呢？工作的压力需要我们去承受，各种交际活动需要我们去应酬，数不尽的生活欲求需要我们去争取，日新月异的知识需要我们去掌握，应接不暇的网络资源诱惑我们去点击……使我们不得不将白天延长进夜晚，由不得自己。

有一段时间，网上有一部漫画引起了很多人的热议，这部名为《滚蛋吧！肿瘤君》的漫画是一位年轻肿瘤患者的作品。

2011 年 8 月，熊顿因一次摔伤到医院检查，被告知身患非霍奇金淋巴瘤。得病前的熊顿自诩为"一个剽悍的女子"，"仗着自己壮汉型的体格晨昏颠倒，三餐不定，K 歌必定刷夜，聚餐必喝大酒，冬天衣不过三件，从来没有为健康操过心"。

生病后，熊顿的生活一下子全变了，没有了聚会，没有了四处疯玩，化疗让她失去了原有的活力也夺去了她的能量，她能去的地方，除了医院就是家。熊顿说："病后几乎都在医院，睁眼就是灰白的天花板，入耳就是化疗、吃药、体温、白细胞增减……日子的无聊可想而知。"

2012 年 11 月，年仅 30 岁的熊顿因病情恶化遗憾离世。

专家称，淋巴瘤除与自身的免疫力有很大关系外，与生活节奏加快、工作压力大等也有很大关系。如长时间处于手机、电脑等电子辐射环境，饮食不规律，作息时间紊乱，都有可能诱发淋巴瘤。"仗着自己壮汉型的体格晨昏颠倒，三餐不定，K 歌必定刷夜，聚餐必喝大酒，冬天衣不过三件，从来没有为健康操过心"的年轻的熊顿走了，在她正好的年纪。

还有于娟，那个写出让千万人动容的《此生未完成》的年轻妈妈、教师、女儿、妻子。

于娟出生于 1978 年，留学挪威，学成归国后在上海复旦大学任教，2009 年 12 月确诊患乳腺癌后，写下一年多病中日记，在日记中她开始反思自己的生活细节，最后发出沉痛的呼吁，她说："在生死临界点的时候，你会发现，任何的加班（长期熬夜等于慢性自杀），给自己太多的压力，买房买车的需求，这些都是浮云。如果有时间，好好陪陪你的孩子，把买车的钱给父母亲买双鞋子，不要拼命去换什么大房子，和相爱的人在一起，蜗居也温暖。"

2011 年 4 月 19 日凌晨三时许，于娟走了，31 岁的好年纪，还来不及看着孩子长大，还来不及去数父母的白发。此后，于娟留下的 70 多篇"癌症日记"，被冠以《此生未完成》出版成书。

很多年轻人都是如此，认为自己有大把的时间，有足够的健康，有用不完的精力，于是，他们放任着自己去挥霍这些不可再生的生命资源，却不顾身体悄然发出的警号。

一个人活着，喜欢的是夜夜笙歌也好，喜欢的是周游世界也好，总该要拖着自己的身体去做。活得精彩虽是王道，但没有健康的本钱，那些精彩又该如何去承载呢？生活中鲜活的事实总在证明着：只有在失去的时候我们才懂得珍惜。虽然很多人都明白这个道理，可还是义无反顾地去做相反的事儿了。其实，不止于娟，不止熊顿，我们每个人都在写着"生命日记"。

平时身体好的时候没有人会去想生老病死，离别感伤的事情。若是明知道自己的生命只剩下倒计时，和亲人朋友的相处时间已经屈指可数，恐怕每个人心中涌起的除了绝望之外更多的是空白。我们总是期待着天荒地老、地久天长，却不懂得去经营和珍惜，等到真正大彻大悟的时候却为时已晚。生命太脆弱，用健康代价换来的那些所谓的物质在生命面前显得尤其渺小。

有人说，健康的身体是 1，金钱财富等其他的一切都是 0。如果这个 "1" 没了，那么后面的 "0" 也会变得毫无意义。所以，趁着一切都还来得及，趁着日子还长，把自己的身体看顾好，这样，我们才有力量走更长远的路。

放过自己吧，你无须发怒

南怀瑾先生曾提到过庄子有一个 "心兵不动" 的说法，他引用庄子的话，形容这种 "心、意、识" 自讼的状态，叫做 "心兵"，就是说平常的人们，意识心中，随时都在 "内战"。时时都有理性和情绪上的斗争，随时自己和自己都在争讼、打官司。这个时候，如果能够按住 "心兵不动"，自心的天下就太平了。一个人若能按住 "心兵不动"，不仅可以取得内心的平安，而且还能无往不胜。

老先生是一位画家，但并未成名。这个社会像他这样的画家多如牛毛，但像他这样生活的人，却不多。

老先生早年被划作右派，历经劫难。原本老先生是无需遭此劫难的，那时，老先生在工厂工作，工厂里恰巧有一位干事，十分喜爱绘画，便经常到他那里去讨教，不料，有一次干事告发老先生的一幅画作存在严重的问题。那是个特殊的年代，草木皆兵，就这样，老先生被捕入狱，关了5年，在劳教农场里得了一场大病，差点死掉。

劳教期满后，老先生命好，盼来了平反，此后一段时间，还一度做到县政协的委员、副主席。

老先生在县里权高位重的时候，当年那个告发他的干事在某局任主任，对于当年的事，干事一直担惊受怕着，虽说自己也不是成心要害老先生，但毕竟是因为自己的关系连累老先生受牢狱之灾。

两人别后第一次见面是县政协组织的一次座谈会，干事在列，而老先生是主持人。

座谈会上，一向谈风甚健的干事，破天荒地沉默无语了，他不敢抬头直视老先生，他觉得自己心里有愧。就在座谈会快结束的时候，老先生站起身来，温和地说："请×主任来谈谈吧。"

干事愕然，抬起头来看向老先生，只见老先生笑容满面，鼓励有加。干事便放下心来，侃侃而谈，老先生坐在一旁也不仅连声称好。会后，干事来到老先生面前，深深鞠下一躬，然后他问："对于当年的事情，您不恨我吗？"

老先生扶了一把干事，笑着说："恨一个人，肯定要投入愤怒、痛苦、时间、精力……这么巨大的成本我是支付不出的，有这份精力，不如拿来宽恕自己，因为，惩罚永远都是惩罚，你在惩罚和怨恨别人的同时，也伤害着自己。我不想难为自己，所以我放弃。"

老先生的一番话，让在场的所有人都沉默下来，或者，他们也在思考，自己是不是还被一些怨恨束缚着，苦了自己。

很多时候，憎恨，就像一匹脱缰的野马，它出现时，我们总是听之任之，由它撒野放狂，结果让人遍体鳞伤。其实，对待憎恨，我们是不是可以算一笔成本和收益账？成本巨大，耗费空前的愤怒，只会伤害自己，那何不放弃呢？

你刚才还很开心，但突然有人骂了你一句，于是你心里便充满了愤怒。你不明白，人家骂你，是一时的情绪，你的被骂，也只是一种记忆，要是你安住真心，对什么都不在意的话，就没人能骂得了你，也没人能抢走你的快乐与宁静。

一位年迈的北美切罗基人教导年幼的孙子们人生真谛。他说："在我内心深处，一直在进行着一场鏖战，交战是在两只狼之间展开的。一只狼是恶的——它代表恐惧、生气、悲伤、悔

恨、贪婪、傲慢、自怜、怨恨、自卑、谎言、妄自尊大、高
傲、自私和不忠；另外一只狼是善的——它代表喜悦、和平、
爱、希望、承担责任、宁静、谦逊、仁慈、宽容、友谊、同
情、慷慨、真理和忠贞。同样，交战也发生在你们的内心深
处，在所有人内心深处。"

听完他的话，孩子们静默不语，若有所思。过了片刻，其中一
个孩子问："那么，哪一只狼能获胜呢？"饱经世事的老者回
答道："你喂给它食物的那只。"

"你喂给它食物的那只。"这是很值得深思的一句话，面对内
心的交战，我们要用喜悦、和平、希望宁静之心来代替贪婪、
恐惧、傲慢之心，使自己时刻保持一颗宁静从容的心。否则，
受伤害的便是我们自己。

不坚强的时候，拥抱一下自己

著名的心理学家萨提亚曾经提出过：我们每个人都需要四次拥
抱来存活，八次拥抱来生活，十二次拥抱来成长。

心理学研究的有关实验也表明：每天拥抱五次的人的幸福指数
在一段时间之后出现了显著的上升，而那些没有拥抱的人则没

有上升。

在一家医院里面，有一个很奇怪的现象：

有一间婴儿房的婴儿的发育程度总是比其他房间的婴儿要好。通过长期的跟踪研究证实，这部分婴儿在认知能力、健康状况等各方面都要比其他婴儿好很多。这个结果让很多人都感到很纳闷，他们开始提出各种各样的猜测：空气？环境？温度？遗传基因？但是医院所有婴儿房的条件都是相同的呀，婴儿们吃着相同的东西，得到的是同样的照看。再者说孩子还那么小，遗传基因还不是很明显。可到底是什么原因造成这样大的差别呢？

有一个医生想要打开这个谜团，于是他就定时观察那个房间。在一天夜里，他发现有一个护士正在那个房间里面一个一个地抚摸着孩子，并小声和他们说着话，护士的动作很温柔，说话的声音也很温和。这意外的发现，让研究人员开始注意到抚摸的重要性。

此后，这个房间的孩子每天都会被护士抚摸45分钟，一段时间后，他们发现这些孩子比其他没有被抚摸的孩子多长了74%的体重。一年之后，这些孩子的身体和认知能力等等各方

面都有着更好的发展。

这是什么原因呢？难道抚摸真的具有这样神奇的效用吗？

哈佛大学幸福课的老师本·沙哈尔曾提出：如果能够找到拥抱的机会，并且在一天之中与不同的人拥抱五次，坚持一段时间，你就会感到比从前更加快乐和幸福。

沙哈尔老师十分崇尚用拥抱来治疗人的自私、冷漠以及心底的不安全感，他对这一方法深信不疑，并且极力将这个方法推荐给他的学生：从现在开始，每天至少拥抱五次，当然最好是十二次。拥抱是个双赢的事情，当我们拥抱别人的时候，别人也在拥抱我们；当我们抚摸别人的时候，别人也会抚摸我们。这就如同与人分享快乐一样，我们分享它，它就会成长。

所以，不仅是孩子，长大的我们也常常需要触摸和拥抱的抚慰。

受伤了，你是不是很渴望亲近的人能来安慰一下你，拍拍你的肩头说，一切都会好起来的。累了，你是不是想靠在爱人的怀里，让他或她来抚摸一下你的头，告诉你"别担心，还有我呢"。委屈了，你会希望有个珍视你的人给你一个拥抱，即使，他什么都不说。其实很多时候，亲密就是这样自然而然就发生的，甚至都不需要我们刻意提醒，它似乎是我们的一种潜意识，一种不自觉当中反射出来的举动：当我们失落沮丧时，父母会下意识地轻抚我们的背；当我们向闺蜜诉说心事时，也会习惯性地牵起她们的手；当我们在和爱人一起逛街时，也会不知不觉间就依偎在一起。在这些细微的触摸里，我们自然而然地收获了满满的安定与温暖。

追根溯源，并用个比较诗意的说法来形容触摸之于人类的意义的话，那就是：生命是一块被上帝偶尔捡起又随意丢弃的石头，无所谓从哪来，到哪去，一切，只在那匆匆一瞥，轻轻一掷。但是，当上帝将它遗忘，当它感到寂寞时，它便伸出许多手去触摸这世界，人就是其中最敏感的一只。人在触摸的过程中不断被坚硬的事物划伤，也被柔软的东西温暖。当人的触摸经过了漫长的轮回后，它渐渐发现，自己触摸的力度和方式也会影响触摸的效果，于是它开始试着温柔地触摸这个世界。当然，这个世界也用温柔和比温柔更多的东西回应了它。

那么，这种通过拥抱达到的安慰只有借助别人来获得吗？当然不是。每个人都有不坚强的时候，受了委屈，受了伤，遇到痛苦和绝望，这些在我们生存之路上是很常见的障碍，但碍于一些隐私，我们并不愿意在他人面前展现出来，哪怕是最亲近的人。这时候，我们就需要自己来给自己一些宽慰和鼓励，那么最直接有效的方法就是拥抱一下自己。

千万不要小瞧这种拥抱，它所表达的意义非常重要：你爱你自己，你需要一种方式来体现这种爱，你需要让最深处的那个你体验到这种爱，这才是你对自我生命的一份重托和呵护。所以，不勇敢的时候，给自己一个拥抱吧，我们需要学习的不是这些本能的情感表达，而是有意识地通过触摸、拥抱来抚平我们的焦虑与紧张，也抚平我们心头的惶恐与匆忙，最后，在这样的拥抱里，收获源源不断的惊喜，和生生不息的幸福。

重新定义你的生命

一位因车祸失去一条腿的小女孩与她妈妈进行了一段对话，对话不长，却发人深省。

"妈妈，您看，彩虹！"

"美吗？"

"美！"

"宝贝，你知道吗？彩虹其实就是阳光。"

"阳光？我们平时见到的阳光，为什么没有这么美呢？"

"因为在雨后，空中留存的雨雾把阳光折射了，从而产生了七彩的光芒。这阳光的折射就像人生中的挫折和磨难，折射使阳光美丽起来，挫折和磨难也会使人生美丽起来。"

"妈妈，我知道了。彩虹就是受了挫折的阳光。"

很多时候，我们总是把眼光投注到别人的身上，看到他们的成功，我们自叹不如；看到他们的风光，我们抱怨生活的不公平，为什么不让这双眼睛发挥更多的作用呢？

用一只眼睛观察世界，一只眼睛发现自己。学会发现自己的优点，看到自己的美好。就像女孩那样，从另外的角度去发现人生的美好。人生在世，难免会遇到不如意，但我们不能因为小小的不如意而将人生的意义全盘否定，正如一位哲人所说：上帝是最公平的，他关闭了一扇门，同样会为你开启另一扇门。

苏珊娜从小就是一个很开朗乐观的孩子，这种性格的养成，要得益于她情绪非常积极而且又非常善于解决问题的母亲。

苏珊娜刚刚 4 岁的时候，父亲就因心脏病去世了。当时，她的母亲只有 27 岁，带着两个孩子，又没有钱。突如其来的厄运给她的打击几乎是致命的，使她一度陷于绝望。但她终于重新振作起来，鼓足勇气活下去。在苏珊娜的父亲死后的好几年里，她们家非常穷，怎样勉强填饱肚子是母亲最担心的事。可是，她的母亲没有为家境贫穷而烦恼，而是想办法去挣钱，在家里为一个当律师而雇不起全日秘书的邻居做打字工作。苏珊娜也找到一个贴补家用的门路，她 8 岁的时候，就教邻居一些还没上学的孩子识字。那些孩子的父母亲很感激，便供给她食宿费用。

苏珊娜最敬佩的，就是母亲那种乐观的情绪。她记得，如果遇到五件难题，母亲就会说："没遇到六件难题，这不是走运吗？"当时买不起汽车，母亲就说："咱们住得离公共汽车站这么近，难道还不满意吗？"过节的时候没钱给她买新衣服，母亲就用家里的旧衣服拼拼凑凑地做一件，然后就表扬自己的手艺好。她高高兴兴地处理这些问题。

一次，苏珊娜因为没被选上班干部而闷闷不乐。母亲看见了，拍着她的小手说："有什么可沮丧的呢，现在你正好有时间来筹划搞一次比较成功的竞选运动了，我相信下次选举你一定能够当选。"

在母亲乐观积极的影响下，苏珊娜成长为一个乐观豁达的人。每当遇到困难的时候，她都会以一种乐观的情绪去对待，战胜困难。她觉得，人生总会有很多的缺憾，当你在面对这些的时候，别急着说别无选择，别以为所有的事情只有对与错，要记着，事情的答案远不止一个，所以，你永远有路可走。

是呢，如果你能找个理由难过，也一定能找个理由快乐。

"人有悲欢离合，月有阴晴圆缺，此事古难全。"这个道理我们大家都懂，但却忘了体味这道理背后的意味，有了悲欢离合，人们才会懂得去珍惜现在所拥有的；有了阴晴圆缺，月儿才能更加妩媚动人。娇艳的花儿必要有丑陋的根；美丽的蝴蝶定是由难看的毛毛虫变化而来。事实上，我们之所以对自身的缺憾产生怀疑，归根结底是因为没有发掘出自己的闪光点，我们看到了别人的精彩，却错失了自己的光亮。我们每个人都是自己最优秀的载体，接受自己，重新为自己的生命定义，我们都会遇见最美好的那个自己。那时，我们就会觉得阳光、鲜花、美景原来离我们很近。

每个人都应如此，爱自己首先要按自己喜欢的方式去生活。因为我们要想生活得幸福，必须懂得秉持自我，按自我的方式生活。如果你一味地遵循别人的价值观，想要取悦别人，最后你会发现"众口难调"，每个人的喜好都不一样，失去自我，便会是自己人生中痛苦的根源。

试着接纳自己，让自己成为自己的中心，一个人无须刻意追求他人的认可，只要我们保持自我本色，按自己的方式生活，生活中没有什么可以压倒你，我们就可以活得很快乐、很轻松。正如美国歌坛天后麦当娜所说："我的个性很强，充满野心，而且很清楚自己想要什么。就算大家因此觉得我是个不好惹的女人，我也不在乎。"而事实上，并没有人因此而讨厌她，相反，人们更加着迷于她的优美歌声和独特个性。

威廉·詹姆士曾说："我们最大的弱点，也许会给我们提供一种出乎意料的助力。"

弥尔顿如果不是失去视力，可能写不出精彩的诗篇；贝多芬则可能是因为耳聋才得以完成更动人的音乐作品；而海伦的创作事业完全是受到了耳聋目盲的激发……

达尔文曾经说过："如果我不是这么无能，我就不可能完成所有这些我辛勤努力完成的工作。"很显然，他坦然接受了自己的缺点。

生活也是如此，每个人都不可能完美无缺，面对这不完美世界中的不完美人生，只有从内心接受自己，喜欢自己，欣赏自己，坦然地展示真实的自己，才能拥有成功快乐。一个人越是懂得去珍惜那些常人看来不值得去珍惜的东西，便越是懂得去珍惜自己、珍惜人生，而只有当一个人真正懂得珍惜了，他才有能力来主宰自己的命运，获得真正的幸福。

因为，当我们全然接受自己的那一刻，我们就已经拥有了一个完整的自我。

从取悦自己开始

几乎每个人都会碰到这样的时刻，因为某些事情或者某些人我们常常会陷入生活的两难境地，既不想得罪对方，又不想委屈自己，恰恰此时又无法折中，那么，这个时候我们应该怎样做呢？是选择取悦自己还是取悦别人？

由于人和人之间的性格、生长环境和处世态度的不同，对同一件事做出不同的甚至完全对立的决断也是在所难免的。所以，面对生活中形形色色的人、林林总总的事以及纷纷扰扰的关系，更多的时候，我们都要面临选择，而不一样的选择，自然也会产生不一样的结果。

在这个意义上，我们需要做的就是先取悦自己。

有一位诗人，写了不少优美的诗句，在周边的圈子里也有了一定的名气。可他对此并不满意，他总觉得自己还有很大一部分诗没有发表出来，重点是他觉得这些诗没有人愿意去欣赏。为此，诗人很苦恼。

诗人有位禅师朋友，两人相交颇深，偶尔吟诗煮茶，很多见地也是相同。这天，诗人来到禅师的住处小坐，不禁向禅师倾诉了自己的苦恼。

禅师听完诗人的倾诉笑了笑，指着窗外一株茂盛的植物说："你看，那是什么花？"

诗人看了一眼植物郁郁葱葱的叶子回答说："是夜来香呀！"

禅师说："对，这夜来香只在夜晚开放，所以大家才叫它夜来香。那你知道，夜来香为什么不在白天开花，而在夜晚开花吗？"

诗人看了看禅师，摇了摇头。

禅师继续说："夜晚开花，并无人注意，它开花，只是为了取悦自己！"

诗人疑惑道："取悦自己？"

禅师笑道："是的。取悦自己。白天开放的花，大多都能引人注目，得到他人的赞赏。而这夜来香不同，在无人欣赏的情况下，它依然绽放自己，芳香自己，它的绽放是为了让自己快乐，毕竟，花开的时候才是最美的。植物都能如此，如果一个人活着，只为了取悦他人，那么他还不如一种植物呢？你说呢？"

诗人没有说话，一双眼睛只是望着窗外的那株夜来香。

禅师看了看诗人又说："许多人，总是把自己快乐的钥匙交给别人，自己所做的一切，都是在做给别人看，让别人来赞赏，仿佛只有这样才能快乐起来。这样的人生岂不是太累了，所以，很多时候，我们应该学会为自己做点儿事。"

先取悦于己，然后才能取悦于人。一如禅师所言，夜里才开花的夜来香，先让自己馥郁芬芳，自然就能赢得他人的赞赏。当然，很多事情都是说起来容易做起来难。看似很容易做到的事，往往是事到临头我们才知道知易行难。用南怀瑾先生读经的话说："真正爱面子这一点心思，培养起来，就是最高的道德。"

要懂得，我们不仅需要被他人肯定，自我的认可才是真正的愉悦，懂得取悦自己，你就会释然许多事，就不会抱怨，不会计较太多、不会纠结。终究，能一生陪伴、敦促、改变我们的唯有自己，赋予我们幸福的还是我们自己。别人能给我们的，我们也能给自己，别人不能给的，我们也同样能给自己。所以，不要为了一时的挣扎而委屈了自己，走到最后才发现自己不快乐别人也不幸福，这才是最可悲的。

她和他青梅竹马，自幼就很亲密，成年后，两人便认定了彼此是自己要共度一生的人。不过她的母亲对此很不满意，母亲总觉得男孩家里条件不好，样貌也配不上她，一想到自己早年守寡辛辛苦苦一个人把她拉扯大，怎么能让她和这么一个人在一起呢？真那样，自己老了还靠谁呀？因为抱定这样的心思，母亲对她的这桩情事一千个不愿意。

当然，最为难的还是她，一边是青梅竹马的恋人，一边是自己最爱的母亲，舍弃哪边都是锥心之痛。选择男友吧，太伤母亲的心了。父亲早几年就过世了，是母亲一个人含辛茹苦把她拉扯大，供她读书。所有了解这个家庭情况的人都会说："这个母亲真不容易，为了孩子真是倾尽了一切啊！"可是，如果听母亲的话，和男友分手，这么做虽然取悦了母亲，但实在对不起男友，也对不起自己。毕竟自己和男友感情那么好，怎么能够就这么放弃这段感情？

她思来想去拿不定主意，没多长时间人便消瘦下去。母亲见她这样，流着眼泪说："你要是真跟了他，一辈子都会受苦，听妈的话，找个条件好的嫁了吧。"她哭："条件再好有什么用，如果没有爱情，那样的婚姻又有什么意义。妈，我想通了，我要为我自己拿主意，如果我的婚姻不幸福，最后担心伤心的不还是您吗？"

后来，她不顾母亲的劝阻，毅然嫁给了他。婚后，男友待她母亲犹如自己的亲生母亲一般，夫妻两人勤勤恳恳，小日子过得也越来越好。两年后，母亲抱上了外孙，逢人便说自己有个好女婿。

其实人与人之间的矛盾不是逻辑矛盾，不是非此即彼，不是一定要分个你高我下。只要我们能从内心出发，真正意义上多为自己考虑一下，不去压制自己的真实想法，或许就会得到一个好结果。一如故事中的母亲，看着女儿义无反顾地选择她自己的人生，不得已只有妥协，但正是因为这样一种妥协，他们在备尝了取悦别人的乏味和枯燥之后，一转身方发现，他们竟因此而成全了自己，平平稳稳地过完了一辈子。

工作也好，生活也罢，如果不能享受自我，还要委曲求全，通过取悦别人，来求得生活本身的稳定，这本身就是一种不爱惜自己的表现。把自己快乐的钥匙交给别人，只为别人的喜而喜，为别人的悲而悲，那生命岂不是失去它的意义？实际上，取悦自己不仅是一种人生态度，更是一项人类生命中最基本的动力，就像吃饭、呼吸一样自然和不可或缺。

一切爱，经由自己去传播

有人说："学会自爱，才是浪漫一生的开始。"

当我们从别人那里寻求安全的庇护，找寻浪漫和幸福时，其实我们更应该从自身出发，自尊自爱，自我滋养。一个人活着，必须先学会爱惜自己的身体，才能有充沛的体力去看看这大千世界的美丽风景；一个人活着，必须先学会好好照顾自己的情绪，才能有心情接受不期而遇的美好事物；一个人活着，必须先学会充实自己的生活，才能有信心去面对人生的种种变幻和风雨；一个人活着，必须先学会爱上自己，才能谈及爱他人。

克里斯蒂娜出生于阿根廷拉普拉塔河畔一个普通的工人家庭。她从小就是个很讨人喜欢的漂亮孩子，美丽的容貌让她十分自信，而且，她从小对美有一种天然的渴望。她喜欢一切美丽的东西，包括美丽的衣服和装饰。每次出门前，她总要站在穿衣镜前很认真地打理自己的外型，配什么样的衣服，弄什么样的发型，她对每一个细节都很看重，她觉得，美丽是一种责任。

因此，克里斯蒂娜无论走到哪里，哪里就有醉倒的目光。

但对于克里斯蒂娜过于注重自己外表的行为，母亲很是反感。她说："一个女孩子过于注重自己，这很不好。我希望你能把所有的精力都用到学习上。"克里斯蒂娜听了不服气，便向父亲投去求助的目光。

父亲看一眼妻子再看一眼女儿，然后笑着说："爱自己，才能爱别人。女孩子本来就是一朵花，爱美是再自然不过的事情。"克里斯蒂娜一听，转怒为笑，拉着父亲的手便是一通撒娇。

克里斯蒂娜调皮的样子不仅逗笑了父亲，也逗笑了母亲。母亲说："老头子，我看你非要把女儿惯坏不可！"

可父亲的疼爱并没有把克里斯蒂娜惯坏。克里斯蒂娜以优异的成绩考上了拉普拉塔大学法学系，她的美丽与娇艳让她很快成为拉普拉塔大学一道靓丽的风景，赢得了众多男生的追求。不过，那些男生很快就一个个地败下阵来。

克里斯蒂娜是一朵花，但她不是那种随意被人采摘的花儿。她永远牢记父亲的话，爱自己，才能爱别人。她不仅爱自己的美丽的身材、美丽的外表，更爱自己的品德和灵魂，所以，对自己，她要好好守护好好珍爱，直到自己遇见一个如同自己一般爱自己的人，那时候，她才放心把自己交付给那个人。

爱自己，才能爱别人。爱别人，首先要爱自己。如果我们能够尊重自己、热爱自己，那么，我们就可以像克里斯蒂娜那样，成为一个有魅力并为大家所珍视的人。

作家素黑说："自爱是生命最基本的原动力，像吃饭呼吸一样自然和重要，偏偏我们却失去自爱的本能，经常自虐危害自己。"的确，真正的爱，需要自我完善，需要付出必要的精力，而我们的精力毕竟有限，不可能狂热地去爱每一个人。在有限的生命里，有限的爱只能给予少数特定的对象，而这些特定的对象中排在首位的应是我们自己。

不过遗憾的是，我们从小到大，所受到的教育都是"与集体、与他人相比，我不重要"。我们习惯了牺牲，习惯了隐忍。习惯了违背自己的意愿去成全他人，这其实是一种很不爱惜自己的表现。因为害怕来自别人异样的眼光，害怕被批判，我们不敢大声地说出"我很重要"。

我们的地位或许很卑微，我们的身份或许很渺小，工作也可能并不出色，但是这些并不意味着我们不重要。"我很重要"其实并不是多么自恋和自私的词汇，它只是一颗心灵，对自己生命的肯定和允诺。人最大的心病不是被人离弃，而是自我否定，不接受自己，从而寻找别人爱自己。人的不完整不是因为失落了另一半，而是自我分裂不懂自爱。

懂得并学会爱自己，并不是夜郎自大的无知和狭隘，而是源自一个人对生命本身的崇尚和珍重。这可以让我们的生命更为丰满和健康；可以让我们的灵魂更为自由和强大；可以让我们在无房无居的时候，亲手建造起我们自己的宫殿，成为自己精神家园的主人。

所以说，自爱是一切爱的基础，一个不懂得爱自己的人更加不会爱别人。

所以，用心去体味爱吧，哪怕你一无所有，你仍然有理由去珍爱，一如当代散文大家林清玄说："生命是那样美好，建议大家多做深呼吸，体会空气的清新，体味事物的美好。我喝水时总会想这也许是我喝过的最美味的水。时时要保持一种爱，学会欣赏美，唯有爱和美才是心灵的故乡。"

纯粹，温柔地生活

做一个单纯的人

我们都喜欢看孩童的眼睛，这种喜欢里，更多成分是因为孩童眼睛里所流露出的那种不染尘的纯粹和美好。

有人说：孩子的眼睛最是纯最是真，寻不到一点杂质。

有人说：最美好的年纪就是不谙世事的年纪，人是纯粹的，心是纯洁的。

难怪乎圣人言：人之初，性本善。

是的，单纯、善良、这些美好的特质是我们与生俱来的，我们拥有这些特质的时候，我们每个人都是快乐的，幸福的，全心全意感受着最美好的东西，也享受着最丰盛的愉悦。如此说来，一个人想要获得最不平凡的人生，他首先要有一颗纯粹的心灵。

在加拿大，有一位6岁的男孩，曾经用一颗单纯的心，改变了世界。

他曾被评选为"北美洲十大少年英雄"，甚至被人称为"加拿大的灵魂"，他就是曾经接受过加拿大国家荣誉勋章的瑞恩希里杰克。

1998年，当瑞恩第一次听说在非洲有很多孩子因为喝不上干净的水而死去时，为非洲的孩子捐献一口井便成了他的梦想。

那天回到家里，他向妈妈说出了他的梦想，希望能获得妈妈的支持——得到70加元。瑞恩的妈妈当时听了他的请求只是笑着说了声好。可事实上妈妈当时根本没把瑞恩的话当成一回事。她觉得他想去帮助别人，这非常好。但她并未真正放在心上，她觉得孩子的主意总是一会儿一变，说不定过几个时辰他就忘了。

瑞恩的妈妈是安大略省公民权利、文化和娱乐委员会的顾问。瑞恩的爸爸是一名警察。此外，瑞恩还有一个哥哥和一个弟弟，这样一个普通的家庭，生活并不怎么宽裕。

见妈妈答应了之后却无行动，瑞恩着急了，又向妈妈提起了这件事。

"不，瑞恩，70加元太多了。"妈妈不得不直接告诉他，"宝贝，这些钱我们负担不起。"

瑞恩听到这样的话，失望极了。他带着哭腔嚷起来："你们根本就不明白！人们没有干净的水喝有多么可怕，孩子们正在死去，他们需要这笔钱！"

父母看到瑞恩的激动的样子，开始觉得有必要认真地讨论这件事，然后，他们宣布了决定："我们不能给你这些钱。如果你真的想要，你可以自己赚。你可以通过自己的劳动凑齐这一笔钱，比如打扫房间、清理垃圾，我会给你报酬。"瑞恩迟疑了一下，最终答应了。

瑞恩开始通过自己的劳动挣钱。

瑞恩得到的第一个任务是吸地毯，干了两个多小时后他得到了
2加元的报酬。几天之后，当全家人去看电影时，瑞恩一个人
留在家里擦了两个小时窗子，又赚到了2加元。全家人都以为
瑞恩不过是心血来潮，他却坚持了下来。

四个月后，当瑞恩把辛苦积攒的钱交给有关组织时却得知，70
加元只够买一个水泵，挖一口井实际需要2000加元。这并没
有让瑞恩放弃，他反而更加卖力了，因为他只有一个想法，就
是要尽自己的能力让更多非洲的小朋友喝到水。

渐渐的，大家都知道了瑞恩的这个梦想。于是爷爷雇他去捡松
果；暴风雪过后，邻居们请他去帮忙捡落下的树枝；瑞恩考试
得了好成绩，爸爸给了他奖励；瑞恩从那时起便不再买玩具
……所有这些钱，都被瑞恩放进了那个存钱的旧饼干盒里。

后来，他的故事被媒体报道了，他的名字传遍了整个国家。一
个月后，在他家的邮筒里出现了一封陌生的来信，里面有一张
30万加元的支票，还有一张便条："但愿我可以为你和非洲的
孩子们做得更多。"如果你以为这是故事的结尾，那就错了，
因为这只是事情的开始。

接下来，在不到两个月的时间里，又有上千万元的汇款进了瑞

恩家的邮筒支持他的梦想。

2001 年 3 月，"瑞恩的井"基金会正式成立。瑞恩的梦想成为千万人参加的一项事业。

事后有人采访瑞恩："你为什么要这样做呢？"

瑞恩说："没有为什么，我只是想让他们喝到干净的水。"

孩子的心，原本就没有那么多复杂的东西，他们的动机单纯，心思明了，无需伪装。"没有为什么，我只是想让他们喝到干净的水"，如果是换做我们，换做一个在社会中摸爬滚打多年被物质和金钱清洗了无数遍的成人，我们还会轻易说出这样的话吗？不见得。我们会给这样的事情冠以一种宏大的东西，我们会给它贴上更加昂扬的标签进而宣扬一种空洞的所谓的思想发光点。当然，或许有一部分人不是如此，他们依然保持着他们的纯粹，生发一个善念，去践行。而越是这样朴素单纯的人，往往越生动，越感人。

做一个单纯的人，心无杂念、恪守本份、踏实安稳地去生活，这是一个人幸福快乐地生活在这个社会中应当具备的最起码的素质。

与人交往也是，单纯的人，总会得到大家的青睐和赞赏。在物质越来越发达的今天，我们所见的很多东西都在悄然改变着，新闻上，报纸上，每天都有层出不穷的不良事件发生着，牛奶有问题，食用油不合格，矿泉水不达标，药品作假，这些问题的出现，究其根源，是我们作为一个人来讲，心被利欲蒙蔽了，不再纯粹，没有了最初的善念，最终的结果便只能是害人害己，一生痛苦。所以，纯粹点做人，单纯点做事，我们的人生之路才能走得从容轻松些，我们才能看到自己的初心，并收获一份永久的幸福，因为幸福，从来不会光顾一颗落满尘埃、一片荒芜的心。

柔软，有一种强大的力量

林清玄说："那最美的花瓣是柔软的，那最绿的草原是柔软的，那最广大的海是柔软的，那无边的天空是柔软的，那在天空自在飞翔的云，最是柔软的！我们心的柔软，可以比花瓣更美，比草原更绿，比海洋更广，比天空更无边，比云还要自在。柔软是最有力量，也是最恒常的。"

柔软的人，总是惹人爱的。老子曾说过："天下莫柔弱于水，而攻坚强者莫之能胜，此乃柔德也。"并感叹，这"柔之胜刚"之道，天下没有人不知道的，而很少人能"行"也。

古代，帝王将相和达官贵人千方百计把墓穴建造得坚固、牢靠，不能说坚不可摧，但用坚如磐石、固若金汤来形容恐不为过。其目的是为了防备盗墓者盗挖，可事实是，许多墓穴仍然被挖被盗，有的被洗劫一空。

河南上蔡有座古墓，建造于春秋时代。2005 年考古工作者发掘时发现，古墓上被挖开了大大小小 17 个洞，说明盗墓者不知光顾过多少次。从洞里的器皿、古钱币、矿泉水瓶等遗留物考证，盗墓者来自于不同的朝代，最早的盗墓者来自战国时代，最近的来自现代。他们都对这座墓穴觊觎已久，想盗取里面的金银财宝。他们费了多少心思无从考究，唯一可以考证的是，他们都半途而废，无功而返。因为，考古工作者打开古墓之后发现，里面的藏品大都保存完好。

难道这座古墓有什么特别的防盗措施吗？其实，在建造方法上与其他古墓没什么两样，不同的是，其他墓穴砌筑完后都是用土回填，而这座墓穴是用沙回填。17 米深的墓穴，上面回填了 11 米深的细沙，表层再填土封盖。细沙里放置了 1000 多块形状各异、大小不同的尖利石块。它被后人称为流沙墓，这就是它防盗的秘密。

细沙柔软无形，流动性也很强，当盗墓者挖洞时，旁边的细沙会向洞里流动，掩埋刚挖好的洞。当挖的洞很深时，极易造成塌方，轻则把挖开的洞掩埋，重则会把洞里的人埋掉，更可怕的是藏在细沙里的石头，随着垮塌的沙子坠落，成了打击盗墓者的武器。

对盗墓者而言，再坚硬的古墓都不在话下，唯独这座古墓，面对散软的黄沙，他们竟束手无策。

这座古墓的防盗构思实在巧妙。一般都是想尽办法用岩石、夯土等坚硬的材料把墓穴建造得坚固。而这座墓穴却一反常规，弃用只有坚硬才坚固的理念，利用细沙的流动性，采用软防御的办法，而且极其成功。谁敢说它不坚固呢？

黄沙柔软无形，却能坚比磐石。易经讲，万物皆有相生相克之理。石头坚硬，水很柔软，但水滴可致石穿；蚂蚁弱小，河坝敦厚，但千里之堤却能毁于蚁穴。柔软有时比风暴更有力量，它不是丧失原则，而是一种更高境界的坚守。从某种程度上讲，柔是一种将韧性、耐性、智性融会贯通而后形成的一种既超脱又适用的生存法则与处世哲学。牙齿坚硬终不及柔软的舌头那般长久，而清水柔绵，故能遇隙而透，遇弯而折。

而我们需要的，也是这份以柔化刚的柔软。

林清玄讲过这样一个故事：他的一个朋友在家中请客，费了九牛二虎之力做了一个大菜，在朋友们入座后，她从厨房把这道大菜端出来，结果刚进饭厅，就不知怎么整盘摔到地上，漂亮的餐盘摔得破碎不堪，最重要的一道菜显然不能再入口，朋友们都吓坏了，不知她会作何反应，心想她一定会大发脾气，但不想，她双手合十，对着掉在地上的菜和碎盘子行礼，微笑着说，对不起，然后开始低身收拾。

其实，我们每个人都有一颗柔软心，只是在每天的忙碌中，凡尘琐事的尘埃会慢慢掩盖它，让我们变得空洞而麻木。虽是如此，但那份柔软心还是存在的，只要我们肯停下来，让自己有时间思考，我们就能轻轻地扫去堆积的尘埃，渐渐地回复到原来的本我。

也有人说，太柔软的人，不太适合在这个社会上立足。人与人之间交叉着太多的利害关系，稍一心软，自己就会被弄得遍体鳞伤。这样的说法未免太极端了。柔软不是妥协不是懦弱，而是一种让生命本具的智慧觉醒，让这种智慧的光明照亮我们的心灵，照亮我们的生命。

日本的道元禅师从中国学禅归国后，有人问他修到了什么。

禅师说："别无所获，只修得一颗柔软心。"

当我们唤醒内心的柔软时，就会渐渐发现，真正的快乐与自在，确实是不需要任何外在条件的，它仅仅是心灵的一种状态。当你时刻保持着这种宁静、喜悦、清醒的状态，便会发觉，原本计较与在乎的念头便自然消失了，你也懒得再去计较什么，懒得再去在乎什么，懒得去强求什么已经改变了的东西，懒得去期待什么还没有发生的事情。你不会再轻易发怒，你不会再有那些纠缠于心的欲望，你会变得更加圆融自在，而此时，你的生命才能呈现最丰满的状态。

总有一种滋味，是甜的

老人们说：生活就是一锅杂烩汤，酸甜苦辣咸，每个滋味都尝遍了，那才叫生活。

老人们的话中总有那么多值得品味的东西，就像一杯陈年佳酿，浅尝一小口，仔细咂摸咂摸，全是好滋味。

很多人说，人生苦啊，苦的没个头。但这个苦到底有多苦呢？谁都没有一个标准的答案。辛苦工作却买不上一个小房子的年轻人叫苦。但一辈子泡在庄稼地里不分昼夜辛勤耕作的农人，有时候忙了一年都吃不上一顿有鱼肉的饭，他们却没叫苦。他们会望着一地的庄稼，叹口长长的气再吸口长长的气说，等明年吧，明年会有好收成的。就这样一个小小的希望，把农人眼里的忧伤融化成了蜜糖。

其实，生活哪有那么多苦和忧烦呢。一颗药丸吃下去，嗓子眼苦上那么一阵，喝口水，就会变甜了。生活也是如此，总有一种滋味，咂摸咂摸就有了甜味。

有一个很失意的人，爬上了一棵很高的樱桃树，他准备从树上跳下来，结束自己的生命。他觉得自己的命运太悲惨了，简直没有了信心往下走。就在他决定往下跳的时候，学校放学了。

成群的孩子向他这边跑了过来，站在树下看着站在树上的这个奇怪的人。

一个孩子问："你在树上做什么？"

失意的人想，总不能告诉小孩自己要自杀吧！于是，他说："我在看风景。"

"那你有没有看到身旁有许多樱桃？"另一个孩子问道。他低头一看。发现原来自己一心一意想要自杀，根本没有注意到树上结满了大大小小的红色樱桃，红艳艳的，很是诱人。

孩子们开始恳求他说："你可不可以帮我们采樱桃啊？你只要用力摇晃树干，樱桃就会掉下来。拜托啦叔叔！我们爬不了那么高。"

失意的人听了孩子们的请求，顿觉自己很好笑。他知道自己拗不过他们，只好答应帮忙。他开始在树上又跳又摇。很快，樱桃纷纷从树上掉下来。四面八方的孩子都向樱桃树这边聚集来，他们兴奋而又快乐地拣拾着樱桃。

一阵嬉闹之后，樱桃差不多掉光了，孩子们说完谢谢也渐渐散去了。失意的人坐在树上，看着孩子们欢乐的背影，不知道为什么，自杀的心情和念头都没有了。他从树上摘下所剩无几的樱桃，跳下了樱桃树，拿着樱桃慢慢走回了家。

回到家，他看到的仍然是那破旧的房子，破旧的房门前，站着他的老婆和孩子，他们还是穿着和昨天一样破旧的衣服。但不一样的是孩子们看到爸爸带着樱桃回来了，立马欢呼着拥向他，孩子们喊叫着："真好啊，还有樱桃吃呢，谢谢爸爸。"孩子们说完，在失意的人的脸颊上留下了一个吻。

晚上，一家人聚在一起吃着晚餐，当失意的人看着孩子们快乐地吃着樱桃时，忽然有了一种新的体会和感动，他心里想着：好好活着吧，自己活好了，才能给自己爱的人一些希望。

最终，失意的人放弃了自杀的念头。

常常听到一句话：连死都不怕了，还会怕生活不下去吗？

其实这句话应该这么说：连自己都不爱了，你还能去爱谁呢？或者，你还有什么能力去付出爱呢？

所以，任何时候都不要放弃你自己，更不要对生活绝望，很多新的所得往往来自不经意之中，而失望的尽头也总会有新的希望产生。重要的是，要先看护好我们自己。

就这样生活，很简单，很纯粹

很多人喜欢林清玄的文章。

有人说：读他的文章，小故事里有大智慧，平淡而隽永，值得一遍遍地去回味，轻松自然，平凡的人，平凡的事，却总有那么一句话把你打动。

有人说：他的文章犹如一股真淳的凉风，读完之后，能让人心平如水。

还有人说：他的用词遣句很简单，也很朴实，但细细品味之下，却可以明智，明理，知人，知世。

简单、朴实、纯粹，大抵是多数读者的阅读感受吧。一如高尔基所说：一切出色的东西都是朴素的，它们之令人倾倒，正是由于自己富有朴素的智慧。

林清玄有这样一篇小短文：

小时候，我们住在南部乡下，由于兄弟姊妹很多，妈妈非常的忙碌，我们只要一靠近妈妈，她最自然的反应是一掌把我们打开："闪啦！大人无闲，不要在这里绊手绊脚！"

因此，我非常渴望有一天能牵妈妈的手。

有一天，妈妈要到田里摘野菜，我跟着去，她突然牵起我的手，走在田间的小路，那时是黄昏，夕阳一片金黄，拉长了妈妈的身影，几乎覆盖了整条小路。

那时候我感觉到从未有过的幸福，生命原是如此美好！

生活其实并没有多少改变，他们还是住在乡下，母亲还是很忙，生活还是艰辛，但不同的是母亲牵起了他的小手，没有一掌把他推开，这一点小小的不同，却让他看到了生命的无限美好。是孩子的心太简单，还是孩子的心思太容易满足？其实都不是，这是一种最原始的反应，因为人在最初的时候，常常会因为一点点的满足而欢喜的无以复加。

只是后来，人心变了，快乐也就远了。

其实，人活着，总免不了有烦恼的时候，在乎自己怎样去对待，怎样去处理。当你一个人静静地享受独处带来的妙处之时，那么一切烦恼便会烟消云散。生活中的一草一木，一山一水都可以成为你欣赏的对象，放弃一些东西，生活真的很简单。

你低头走着你的夜路，时而思量过去的许多事情，时而盘算未来的许多期望。你觉不出明月的存在，也看不到夜色的美好。你的心里因为琐碎的生计而苦恼，因为难以负荷的工作而恐慌。但是，一旦你止息了无穷无尽的念想，抬起头，望向深邃的夜空，你就会发现，不知道从什么时候开始，这夜幕中，还有一轮皎洁的明月在陪伴着你。它宁静无语，却在夜幕里陪伴跋涉着的你，或许，你会沉静下来，不再去想那些烦扰你的事情，你可能会笑，也可能会大声歌唱。谁知道呢，反正人在开心的时候，做什么都会觉得疯狂。

真正的快乐，其实就是这么简单。

就像住在小村庄里要比住在大城市里省钱，所以小村长里的人们生活得更安逸快乐，因为简单。

就像经常食用牛奶、鸡蛋、水果、蔬菜粗杂简单食品的人们，身体却出奇地健康，因为简单。

有一个青年人，整日以沿街为小镇的人说唱为生，小镇上住着一个从外地来的中年人，他是被公司委派到这里管理一家工艺厂的，他远离家人，一年才能回去一次。青年人和中年人总是在同一个小餐馆用餐，于是他们屡屡相遇。时间长了，彼此已十分熟悉。

有一日，中年人关切地对那个小伙子说："不要沿街卖唱了，去做一个正当的职业吧。不如我介绍你去我公司的总部去上班，在那儿，你完全可以拿到比你现在高得多的薪水。"

小伙子听后，先是一愣，然后反问道："难道我现在从事的不是正当的职业吗？我喜欢这个职业，它给我，也给其他人带来欢乐。这样有什么不好呢？我何必要远离我的故乡，抛下我的亲人，去做我并不喜欢的工作呢？"

"可是，那样可以让你生活的更好一点啊？"

"你不是我，怎么知道我生活的不好呢？我每天做我喜欢做的事情，还有那么多喜欢听我说唱的人；我有房子住，虽然不大，却也温暖；我挣的钱足够我生活，虽然不多，但我也知足了。这样的生活难道还不够好吗？难道生活不是一件简简单单的事情吗？"

难道生活不是一件简简单单的事情吗？

这样一句朴素的话，是否惊醒了很多正在摸爬滚打被生活拖累得一身疲惫的"梦中人"呢？

当然，简单生活并不一定是物质的匮乏，但它一定是精神的自在；简单生活也不是无所事事，但却是心灵的单纯。一个清洁工和一个公司总裁同样可以选择过简单生活，一个隐居者和一个百万富翁如果都认同简单的做法，他们同样可以更充分地吸取生活的营养，然后快乐终生。"简单"的关键在于你自己的选择和内心感受。

简单就像一种全新的生活哲学，当你用一种新的视野观看生活、对待生活时，你会发现许多简单的东西才是最美的，而许多美的东西正是那些最简单的事物。

有一支掏金队伍在沙漠中行走，大家都步伐沉重，痛苦不堪，只有一个人快乐的走着，别人问："你为何如此惬意?"他笑着："因为我带的东西最少。"

原来快乐很简单，拥有少一点就可以了。多一份舒畅，少一份焦虑；多一份真实，少一份虚假；多一份快乐，少一份悲苦，这就是简单生活所追求的目标。

如果用心去体会，我们便能发现，外界生活的简朴可以给我们的内心世界带来很多都惊喜，它可以促使我们发现生活的中存在的更多乐趣。长此以往，我们将变得更敏锐，能真正深入、透彻地体验和理解自己的生活，我们将为每一次日出、草木无声的生长而欣喜不已，我们将重新向自己喜爱的人们敞开心扉，表现真实的本性，热情地置身于家人、朋友之中，彼此关心，分享喜悦，真诚以对。

因为，只有当我们轻松下来，开始悠闲的生活时才能体验到亲密和谐、友爱无间。我们将不再是于生活的表面游荡不定，而是深入进去，聆听生活本质的呼唤，让生活变得更有意义。

做个"有容"的宰相

屠格涅夫曾说过："生活过，而不会宽容别人的人，是不配受到别人的宽容的。但是谁能说是不需要宽容的呢？"

被他人伤害或者误解了，我们会觉得委屈，觉得不公平，于是，就产生了仇恨，产生了报复。但在仇恨之后，报复之后，我们是否能真正得到内心的安宁和平和呢？当然不会。因为，仇恨和报复都是邪恶种子，一颗邪恶的种子是不可能开出幸福的花朵的。如柏杨先生所说："报复会引起再一个报复，宽恕的力量，往往超过报复。"所以，消除怨恨的最好方式就是宽容和饶恕，只有这样，才能让报复止于当下，从而得到心灵的宁和。

安德鲁马修斯在《宽容之心》中这样写过这样的话："一只脚踩扁了紫罗兰，它却把香味留在那脚跟上，这就是宽恕。"学会宽容别人，以博大的胸襟包容别人的过错、排挤甚至是诬陷，会发现自己的内心如绽放的紫罗兰一样香气四溢。

一次，楚庄王宴请群臣，让大家不分君臣落座，正当大家饮酒尽兴之际，一阵风吹来，把灯火熄灭，顿时全场一片漆黑，伸手不见五指。这时，有一个人趁天黑之机，调戏楚庄王的爱姬，爱姬十分机智地扯下了这人的冠缨，并告诉楚庄王说："请大王把灯火点燃，只要看清谁的冠缨断了，就可以查证谁是调戏我的人。"

群臣乱成一片，以为定会有人丧命，可是出人意料的是，楚庄王却高声宣布："请大家在点燃灯火之前都扯下自己的冠缨，谁不扯断冠缨，谁就要受到惩罚。"等到灯火再燃起的时候，群臣都已经拔去了冠缨，冠缨都不在了，自然就无法查出那个调戏爱姬的人，于是，大家都舒了一口气，又高兴地娱乐起来。

一场风波就这样被轻松地化解了。

两年以后，晋军攻打楚国，有一名将军勇往直前，杀敌无数，立了大功。楚庄王召见他，赞扬他说："这次打仗，多亏了你奋勇杀敌，才能打败晋军，所以，我要奖赏你。"这个将领听了，噗通一声跪在地上，泪流满面地说："臣就是两年前在酒宴中调戏大王爱姬的人，当时大王能够重视臣的名誉，宽容臣的过错，不处罚臣，还给臣解围，这使臣感激不尽，从那以后，臣就决心誓死效忠大王，等待机会为大王效命。"

宽容，会带来福报，而仇恨，只会带来伤害。饶恕别人的过错，虽然不是什么惊天动地的大事，但最能体现一个人的品德修为的却往往都是这些微不足道的小事。楚庄王用无意间的宽容换来了一位誓死效忠的大臣，这可以说是个意外的收获，但若没有宽容，又或许是另外的一种局面了。

公共汽车上人多，一位女士无意间踩疼了一位男士的脚，便赶紧红着脸道歉说："对不起，踩着您了。"不料男士笑了笑："不不，应该由我来说对不起，我的脚长得也太不苗条了。"车厢里立刻响起了一片笑声，显然，这是对风趣的男士的赞美。而且，身临其境的人们也必然深信，这美丽的宽容将会给女士留下一个永远难忘的美好印象。

一位女士到很有特色的陶艺店里逛，不小心摔倒在地，手中的奶油蛋糕也跟着跌落在地上，弄脏了白色的地板。店主见状，立马走过去将女士扶起来。女士刚要说些致歉的话，不料店主倒先说话了："真对不起，我代表我们的地板向您致歉，它太喜欢吃您的蛋糕了！"这样一句大度幽默的话，不仅化解了女士的尴尬，还让周围的客人暗暗对这位店主起了敬意。于是，女士决定"投桃报李"，买了好几样陶艺品，而那些目睹这一情景的客人，也都纷纷选购了不少商品。

这就是宽容带给我们的礼物。很多时候，宽容不仅是一种品质，还是一种智慧，只有胸襟开阔眼光锐利的人，才有运用智慧的能力。能宽容别人的人，不只是给别人一次机会——同时也是给自己一次机会，一次收获快乐的机会。所以，不要把仇恨铭刻在心尖上，那样，就如同在自己的心灵深处种下了一粒苦种，自己也会被其所苦，而不能解脱。

生活中我们常常听到这样的话，"忍一步风平浪静，退一步海阔天空"，我们若用心来体会这句话的深意，就会明白，在给予别人忍让的同时，留给我们自己的却是风平浪静和海阔天空。当你善待他人的时候，你首先就说服了自己，令自己敞开心扉，毫无芥蒂地拥抱生活。没有不甘、不愿、不满的纠缠，只是通达、明透与澄澈的祝愿。以因为，宽容别人就是善待自己。

总有一天，你会得到那些礼物

一个大花园里有一间小屋子，屋子里住着一个盲人，虽然他的眼睛看不见，却把花园打理得非常好。一年四季，花园里总是一片姹紫嫣红。

一个过路人非常惊奇地观赏着这漂亮的花园，不解地问盲人：
"你这样做为的是什么？你根本就看不见这些美丽的花呀！"

盲人笑了，他说："我可以告诉你四个理由：第一，我喜欢园
艺工作，第二，我可以抚摸我的花，第三，我可以闻到它们的
香味，至于第四个理由，则是因为你！"

"我？可你并不认识我啊！"路人说。

"是的，我不认识你，但是我知道有一些像你一样的人，会在
某个时间从这儿经过，这些人会因为看到我美丽的花园而心情
愉快，而我也因此能有机会和你在这儿谈一下这件事。说到
底，我才是最大的受益者呢！"

"我才是最大的受益者呢！"多么美妙的回答！听到这些话的
人，他们的内心一定会升起一种柔软美好的情绪，对这个世界
也会生出很多感动和温暖吧。

选择一种向善的生活，其实也是选择一种充满希望的生活，将
我们的每一点积累，每一步前行，都朝着幸福和快乐的方向，
并在沿路途中，随时拥有和享受不期而至的快乐，使得自己的
快乐有人分享，也使得我们能够分享到他人的快乐。这是多么

美好的事情啊！

"人性向善"是一种人生哲学的阐述，是一种可以选择的人生态度。哲学说起来复杂，其实也很简单。哲学的意义就在于能否帮助我们快乐地生活。这个世界有黑暗有美好，但人的内心世界渴望着的却都是正面的东西，比如关怀和友爱。大师说，一个人所看到的外界的景象都是他内心世界的映射，如果我们能生发出一个善念，那么这个善念将会以更大的能量来完善我们的外在，以更丰富的回馈，反射到我们的生命中。所以说，我们自己本身，才是善意最大的受益者。

一天晚上，松树堡的寡妇正和她 5 个年幼的儿女围坐在火堆旁。尽管和孩子们说笑着，但她心里却布满了愁云。在这个广袤却寒冷异常的世界里，她没有一个朋友，没有任何人可以依靠。丈夫去世后，这一年来，她一个人用瘦弱的双手苦苦支撑着整个家庭。

正值寒冬时节，森林早已披上了洁白的银装，北风吹得松枝哗哗作响，破旧的小屋也颤动起来。屋内，火堆烧得很旺，一根木枝架在火上正烤着一条青鱼，这是她们全家唯一的食物。当看到孩子们欢笑的脸庞时，她的心里顿感无比的凄凉。尽管，她相信上帝一直保佑着她，并了解她的所有艰难。

几年前，她的大儿子离开了家，到遥远的地方去谋求生活，从此便杳无音讯，再没回来过。就在去年，她的丈夫又被疾病夺走了生命。但这一连串的打击，并没有让她绝望沮丧。她依旧辛苦地劳动，凭借自己勤劳的双手，她不仅供养着自己的孩子，还不时地帮助其他的穷人。

青鱼烤熟了，她刚把这唯一的食物放在桌上，就听到一阵敲门声。全家的注意力都被这声音吸引了过来，孩子们争先恐后地跑去开门。站在门口的是一位十分疲倦的青年，他衣衫褴褛，不过看上去倒十分健康。青年走进屋，向她请求道："我一整天没有吃东西了，您能给我找点吃的吗？"她听了青年的请求心里十分难过，便把旅人请进屋，没有丝毫犹豫就把最后一点食物分了一份给青年。之后，她看了看她的孩子们，并微笑着说道："我们绝不会因为这小小的善举而被遗弃，也绝不会因此陷入更深的困苦之中。"

青年来到桌旁，当他发现盘中的食物少得可怜时，抬头望着这一家人，惊诧地呼道："天啊，你们只有这一点食物吗？善良的母亲，您慷慨地把最后一点食物分给我，您这些可怜的孩子不就要挨饿吗？"

"是啊！"寡妇忽然泪流满面，"可我还有一个儿子远游在外，如果他还活着，不知是不是在世界的哪个角落受着苦呢。我这样对待你，也祈祷别人能如我一般对待我的孩子。如果他也和你一样受着疾苦，我希望他能被一户人家所收留，即使这户人家和我们一样的贫困……"

她话还没说完，就被青年扑过去拥抱住。"上帝果真听到了您的祈祷，使您的儿子被一个善良的家庭所收留，并且赐予了他财富，使他能感谢真诚收留他的人：我的妈妈！哦，亲爱的妈妈！"

原来这个青年正是寡妇在外流浪多年的大儿子。

人性中的善和美就是具有这样强大的能量，它会在冥冥之中，回馈给我们更多的惊喜。

一位哲学家问他的学生们："世界上最可爱的东西是什么?"学生们听了，都争先恐后地站起来回答，轮到最后一个学生发言了，他站起来看向哲学家轻声回答道："世界上最可爱的东西，是善。"哲学家点了下头，微笑着说："的确，一个'善'字中包含了他们所有的答案。因为善良的人，对于自己，他能够自安自足；对于别人，他则是一个良好的伴侣，可亲的朋友。善无论到了那个年代，都是这个世界上最可爱最珍贵的品质。"

给别人以帮助和鼓励，自己不但不会有损失，反而会有所收获。通常，一个人给别人的帮助和鼓励越多，从别人那儿得到的收获也越多。最后，我们会发现，将一份善行播出去，必会有无数善行返回来，那些给出去的，最后都会变成自己送给自己的礼物。因为，善，是人间温暖的所在，也是一个人获得幸福的源泉。

其实，你不必羡慕任何人

爱上生命中的不完美

荣格曾有过这样一个问题："你究竟愿意做一个好人，还是一个完整的人？"

事实是我们每个人都是不完美的，我们每个人身上都有着自己不愿意和极力逃避的一些这样或那样的缺点，亲人朋友们提醒着我们去改进，我们自身也有意识地回避和厌恶。因为，很多时候，我们无法面对那样的缺憾，在我们对自我进行审视时，总觉得这样的缺憾就像一张标签，时时刻刻提醒着我们自身的不完美。我们介怀，我们竭力掩饰，甚至不惜代价，伪装成人人都喜欢的好人，做他们眼中的完美角色。

于是，我们活得不再纯粹，戴着面具的生活让我们迷失，也让我们身心疲惫。

为什么不去正视那些所谓的缺点呢？剥开它，看清它，发现它，或许，你会看到不一样的意义。或许，你会看到在每个缺点背后隐藏着的闪光点，在每个阴暗面的对应面都掩藏着一个生命的礼物：偶尔出风头说明你自信有才智；衣着随意只不过是你率真自由的体现；不求上进说明你与世无争安于生活；大大咧咧正是你心地坦荡没有心计的表现………

这些，原本都是值得我们骄傲的特质，为什么要去扼杀它呢？如果这些特质消失了，那我们还是那个真实的独特的自己么？不是了，我们成了一具模型，一种被量化生产的产品，那个标有"我"的标签其实内质已经不属于"我"了。

一个圆环被切掉了一块，圆环想使自己重新完整起来，于是就到处去寻找丢失的那块。可是由于它的不完整，有棱有角，一路上磕磕绊绊，因此滚得很慢。

慢下来的圆环不想再为难自己，它想，反正自己不比从前灵活了，索性就慢慢走吧，等找到缺失的另一半，我就可以像从前一样了。于是，圆环就这样慢悠悠的滚在山间的小路上，它悠闲地欣赏路边的花儿，开心地和虫儿聊天，惬意地享受着温暖的阳光。在这一路上，圆环发现了许多不同的小块儿，可没有一块适合它。可它并没有放弃，它继续寻找着。

终于有一天，圆环找到了丢失的那一块，它高兴极了，欣喜地将那块装上，然后又滚了起来，它终于成为完美的圆环了。完美的圆环比以前滚得快多了，以致它无暇注意美丽的花儿，不能和虫儿聊天，更不能惬意地晒太阳了。当圆环发现飞快地滚动使得它的世界再也不像以前那样时，它停住了，它觉得这样的自己很不快乐。于是，圆环把找回的那一小块又放回到路边，缓慢地向前滚去。

生命有时候就是这样奇妙，如果圆环不曾失去那一半，那么，它永远都不会知道，这世界上会有那么多美好的景色，它也永远无法体会，不完美的人生可以如此美丽，失去原来也是一种得到。人也是如此，也许正是失去，才令我们完整，也许正是缺陷，才体现我们的真实。

所以，就做那个不完美的自己吧，无论别人如何审视、挑剔，都坚持做你自己，只要你是快乐的，喜悦的，你就是最好的，不能取代的。请以这样的眼光来审视自己吧，以这样的心态来接纳自己吧，那时，你将会发现生命中的所有的不完美都变得可爱而珍贵。因为，缺憾也是一种美的体现，它是我们生命中不可分离的一部分，只有真心接纳真心拥抱它，我们才能活出完整的生命，和完整的自己。

一位盲人，在剧院欣赏一场音乐会，交响乐时而凝重低缓，时而明快热烈，时而浓云蔽日，时而云开雾散，盲人惊喜地拉着身边的人说，我看见了，看见了山川，看见了花草，看见了光明的世界和七彩的人生……

一个失聪的孩子，在画展上看到一幅幅作品，他仔细地看着，目不转睛，神情专注，忽然转身，微笑着大声地对旁边的父母说，我听到了，听到了小鸟在歌唱，听到了瀑布的轰鸣，还有风儿呼啸的声音……

一位病人，医生郑重地告诉他，手术成功，化验结果出来了，从他腹腔内摘除的肿瘤只是一般的良性肿瘤，经过一段时间的疗养便可康复出院，并不危及生命。他顿时满面春风，双目有神，紧紧地握着医生的手，激动地说，谢谢，谢谢，是你们给了我第二次生命……

缺憾对任何人而言，都不是一件愉快的事情。一个人遭遇打击时，难免会在那一段灰色的日子里，觉得自己像拳击场上失败的选手，被那重重的一拳击倒，头昏眼花满耳都是观众的嘲笑。那时，他或许会觉得已经没有力气爬起来了。但是，最后他还是会爬起来的。不管是在裁判数到十之前，还是之后。而且，他还会慢慢恢复体力，他的眼睛会再度张开，他会看见光明，看到人生的希望。

世间的任何事情都有一个属于它自己的限度，好或者坏，都会有一个限度。很多存在与我们身上的种种不完美，只要它不是邪恶的，不是恶性的，我们都应该宽容待之，并予以它一份宠爱和宽容。要知道，在我们每个人的一生中，都有可能会犯很多次错误，如果对每一次错误我们都深深自责，一辈子都背着一大袋的罪恶感过活的话，我们还能奢望自己走多远呢？

所以，凡事不要太苛求自己。人无完人，这个世界上没有任何人是十全十美的，每个人都有或这或那的缺陷，每个人也都会遇到这样或那样的困难。这样说，并不是要大家为自己开脱，而是使心灵不被挤压得支离破碎，永远保持对生活的美好期待和执着追求。因为，烟火尘世间，并不是所有的生命都是那般健美与幸福的，总会有困顿、残缺与疾病，阻挠我们生命前进的脚步。可是，当遇见它们时，请万不要沮丧，你只需静下心，以乐观和豁达的心态去面对和克服，这样，生命必然会在新的曙光里，破蛹成蝶，就像美丽的彩虹必须经过风雨才能得见一样。

依附在别人世界里，你永远找不到自己

你幸福吗？

现在一提到这个问题，很多人都觉得非常讽刺。就像是有人拿着话筒问你：你还有幸福吗？

为什么会出现这样的反差呢？关键在于，在当下的社会，人们的幸福感普遍贫瘠。为什么贫瘠？是因为社会退步了，还是因为金钱减少了？行为经济学家说，我们越来越富，但并没有觉得更幸福，部分原因是，我们老是拿自己与那些物质条件更好的人比。电话发明以前，人们不用电话照样可以生活得很快乐，但现在如果没有电话，你和别人沟通的范围就会受限，所以没有电话的人就想拥有一部自己的电话。在过去，没有车照样可以出行，但现在，你不得不挤公共汽车，不得不为买火车票而焦头烂额，买不起私家车，最不济也得有一辆自行车。再

从教育上看，若在过去，不上学也不是不能生活，但现在每个人都在尽最大的努力，上更好的学校，为的就是获得比别人更好的社会通行证和更强的生存能力。

事实就是如此，很多时候，是我们有意无意中给幸福贴上了价签，而这个价签，并不是我们自身去衡量的价值，更多的是外围人来恒定的。他们说，你的生活应该更好，于是，你给自己贴了张条，说自己现有的生活不是满意的。他们说，你的工作应该更好，于是，你又给自己贴了张条，说自己的工作不是满意的。他们说……

他们说了很多，你对自己便否定了很多，以致到了最后你觉得自己一无是处，像是一个被遗弃的人。于是，你的幸福感没了，你从前具有的骄傲没了，你的满足和安稳也没了，你成了一个恐慌自卑的人，觉得方方面面不如人。

模仿别人并没有错，错的是将自己的一生都变成别人的复制品。一个人，如果一开始就将自己定位在别人的光环下，指靠沾沾自喜而生活，那么，他将永远不可能活出自己的风采。所以说，一个人最害怕的，是失去自我。

有一天，大仲马得知自己的儿子小仲马寄出的稿子总是碰壁，就告诉小仲马说："如果你能在寄稿时，随稿给编辑们附上一封短信，说'我是大仲马的儿子'，或许情况就会好多了。"

小仲马断然拒绝了父亲的建议，他说："不，我不想坐在你的肩头上摘苹果，那样摘来的苹果没味道。"

年轻的小仲马不但拒绝以父亲的盛名做自己事业的敲门砖，而且不露声色地给自己取了十几个其他姓氏的笔名，以避免那些编辑把他和大名鼎鼎的父亲联系起来。

但小仲马毕竟是一个新人，要启用这样一个新人的作品，是需要魄力的，无疑，小仲马遇到了困境，那些冷酷而无情的退稿笺如一盆盆冷水，陆续洒向小仲马。面对这样的打击，小仲马没有沮丧，仍然坚持创作自己的作品。终于，他的长篇小说《茶花女》寄出后，其巧妙的构思和精彩的文笔震撼了一位资深编辑。这位知名编辑曾和大仲马有着多年的书信来往。他看到寄稿人的地址同大作家大仲马的丝毫不差，便怀疑是大仲马另取的笔名，但作品的风格却和大仲马的截然不同，带着这种兴奋和疑问，他迫不及待地乘车造访大仲马家。

这位编辑怎样也没有想到，《茶花女》这部伟大作品的作者竟是大仲马名不见经传的儿子小仲马。

"您为何不在稿子上署上您的真实姓名呢？"老编辑疑惑地问小仲马。

小仲马说："我只想拥有自己真实的高度。"

老编辑对小仲马的做法赞叹不已。

《茶花女》出版后，法国文坛书评家一致认为这部作品的价值大大超越了大仲马的代表作《基督山伯爵》，小仲马一时声名鹊起，成为文坛巨擘。

"我只想拥有自己真实的高度。"——这应该是每个人都应该为自己争取的最大的尊重吧。做一个属于自己的人，挺拔身躯，拥有自己真实的高度，做一个真实的人。

明人吕坤说："既做人，在世间，便要劲爽爽、立铮铮的。若如春蚓秋蛇，风花雨絮，一生靠人作骨，恰似世上多了这个人。"是呢，我们既然做了人，在世间，就要刚强有骨气。如果像春天的蚯蚓、秋天的蛇；像风中的花草、雨中的柳絮，一辈子仰人鼻息，靠人作骨，那就如同世上多余了这个人。

一个做生意失败的生意人颓丧地走在乡间，他是被妻子说服出来走走的。妻子说:"别闷在家里了,会闷出病来,人的起起落落是很稀松平常的事情,别再记挂心上。"

生意人念:"可是,那些生意上的人怎么看我,那些曾经是对手的人该是如何耻笑我,在他们眼里,我一定是个穷途末路的倒霉蛋。"

"怎么会?即使真是这样,你又何必放在心上呢,重点是你自己怎么看自己。"

生意人没有再说话,他觉得说什么都没有用了,自己就是一个失败的人,一个再也没有能力过上好生活的人。虽是如此,他还是走出了家门,因为,他不想让妻子为自己担心。

在乡间溜达了许久,生意人感觉有些口渴了,他看到不远处有一个草棚,便打算前去讨杯水喝。

这是一个种瓜人搭建的瓜棚,瓜棚里的老人很热情地接待了生意人,老人很健谈,和生意人聊起了家常。

生意人听着好奇,问老人:"种瓜一定很辛苦吧?"

老人点了点头，然后仔细地向他说起了种瓜的过程：四月播种，五月锄草，六月除虫，七月守田……

原来，老人大半生都与瓜秧相伴，流了不少汗水，也流过许多泪水。曾经就在瓜苗出土时，遭遇旱灾，但是为了让瓜苗得以成长，老人即使每天来回挑水也不觉得辛苦。

有一年，就在收获前，一场冰雹来袭，打碎了老人的丰收梦；有一年金黄花朵开得相当茂盛，一场不期然的洪水却让这一切都成为了泡影。

老人就这么和生意人说着，说着他的喜悦，也说着天灾带给他的忧愁。

听到老人经历这么多的艰难，生意人似有同感地叹息道："遇到这样的事情，真是痛心啊！"

老人听了摇摇手说："这是很自然的事情，人和老天爷打交道，少不了要吃些苦头，但是，只要你能低下头，咬紧牙，挺一挺也就过去了。因为，最后瓜果收获时，仍然全部都是我们的。"

老人指着缠绕树身的藤蔓，对着心事重重的商人说："你看，这藤蔓虽然活得轻松，但是它却是一辈子都无法抬头呢！只要风一吹，它就弯了，因为它不愿靠自己的力量活下去。"

生意人听到此言，顿觉豁朗，一张忧愁的脸上闪现出了笑容，他说："是呢，我为什么要活在别人的眼光里，非要成为别人希望的样子呢，这样的我又怎么是我呢？"

一个人如果一味地活在别人的价值观里，那么他自身的价值又该如何体现呢？一个活着不能体现自己价值的人，他的存在还有多少的意义呢？

《沉思录》的作者马可·奥勒留认为，当我们过度地关心别人在做什么，为什么做，他说了什么，想了什么，争论什么的时候，我们将会忽略观察我们自己的支配力量，失去自己，丧失了做别的事情的机会。

意思就是一个内心不安定的人很容易受外界影响，结果会失去自我。

唐朝大珠慧海和尚在当修行时，经常自言自语："主人公，你在吗？在，在！"不知者以为他疯癫，只有知者才了解那是一种深刻的禅修功夫，意在唤醒自己的觉性。一个人能够认识到自己的内心非常重要，只有这样我们才能够守住自身的富足，而不必在那些传言和捕风捉影里被人家牵着鼻子走了。人生是我们自己的人生，我们应当思考和主宰自己的人生，而不应当反客为主，处处活在别人的价值观里。

亲爱的，改变只需要你的一个想法

佛家讲，念由心生。一念起，整个世界都会跟着发生变化。这句话并无夸张之意，一个人的念头，确实具有这样强大的力量。不然，也不会有"一念天堂，一念地狱"之说了。

在谈这节标题之前，我们先来看一篇短文，文章名为《改变一生的闪念》：

这是我的老师的故事，至今珍藏在我心里，让我明白在人世间，其实不应该放过每一个能够帮助别人的机会。

多年前的一天，她正在家里睡午觉，突然电话铃响了，她接过来一听，里面传来一个陌生粗暴的声音："你家的小孩偷书，现在被我们抓住了，快来啊！"从话筒里传来一个小女孩的哭闹声和旁人的呵斥声。

她回头望着正在看电视的惟一的女儿，心中立刻明白过来，肯定是有一个女孩因为偷书被售货员抓住了，而又不肯让家里人知道，所以胡扯了一个电话号码，却碰巧打到这里。

她本可以放下电话不理，甚至也可以斥责对方，因为这件事和她没任何关系。但通过电话，她隐约设想出，那是一个一念之差的小女孩，现在一定非常惊慌害怕，正面临着也许是人生中最尴尬的境地。犹豫了片刻之后，她问清了书店地址，匆匆忙忙地赶了过去。

正如她所料的那样，在书店里站着一个满脸泪痕的小女孩，而旁边的大人们，正恶狠狠地大声斥责着。她一下子冲了上去，将那个可怜的小女孩搂到怀里，转身对旁边的售货员说："有什么事就跟我说吧，我是她妈妈，不要吓着孩子。"在售货员不情愿的嘀咕声中，她交清了罚款，领着这个小女孩走出了书店。看着那张被泪水和恐惧弄得一塌糊涂的脸，她笑了笑，将小女孩领到家里，好好清理了一下，什么都没有问。小女孩临走时，她特意叮嘱道，如果你要看书，就到阿姨这里来吧。惊魂未定的小女孩，深深地看了她一眼，便飞一般地跑掉了，从此再也没有出现。

一晃十几年过去了，一天中午，门外响起了一阵敲门声。她打开房门后，看到了一位年轻漂亮的陌生女孩，满脸笑容，手里还拎着一大堆礼物。"你找谁？"她疑惑地问。但女孩却激动地说出了一大堆话。好不容易，她才从那陌生女孩的叙述中，恍然明白，原来她就是当年那个偷书的小女孩，已经大学毕业，现在特意来看望自己。

女孩眼睛里泛着泪光，轻声说道："虽然我至今都不明白，您为什么愿意充当我妈妈，解脱了我，但我总觉得，这么多年，一直好想喊您一声妈妈。"老师的眼睛开始模糊起来，她有些好奇地问道："如果我不帮你，会发生怎样的结果呢？"女孩轻轻地摇着头说："我说不清楚，也许就会去做傻事，甚至去死。"老师的心猛地一颤。

望着女孩脸上幸福的笑容，她也笑了。

老师当下的一个闪念，改变了女孩的一生。但如果，老师不去听那通电话，或者，她不去认领那个女孩，那女孩的一生，可能又将是另一番景象了吧？所以，我们每做的一个决定，对于自己来说，可能微不足道，也许只是自己人生当中的一个小插曲而已，我们也许不会关心事情最终会发展到什么程度，呈现什么样的结果。但我们所作的这个微小的决定，可能影响某个人的一生，这不得不让我们慎之又慎。

一个念头，一个想法，足以让一个人的命运发生天翻地覆的变化，那么与自己呢？也是如此。

在 20 世纪，一位美国商人因为生意失败承受不住打击而一蹶不振，他只要一想起曾经的风光，内心就充满了无限的悲哀，他觉得自己这一生都要完了。

商人的妻子看到丈夫颓丧的模样，心里很痛苦。在妻子的印象中，丈夫从来都是意气风发踌躇满志的人，他风趣、热情有梦想，可如今，随着事业的坍塌，那个精爽的人也不复存在了，原本幸福的家庭，没有了当初的欢颜笑语，取而代之的是愁云惨雾。

商人的朋友们得知了他的不幸，陆续来到商人家里劝慰他，希望他能放下过去的辉煌和现在的窘迫，一切还可以重头再来。可商人根本听不进去，任何劝慰在他面前都显得无济于事。

渐渐地，来商人家的朋友越来越少，直到最后一个朋友摇着头无奈地离去，他才意识到自己不能在这样下去了。商人看着妻子担忧的眼神，看着孩子天真烂漫的表情，他觉得自己必须要坚强起来。于是，他决定去拜访著名的波兰籍经师赫菲茨，请求经师指引他走出困境。

商人来到经师的住处，立刻被眼前的景象惊呆了。原来，经师住的房间极其简单，房间的每一个角落里都放满了书，唯一的家具就是一张桌子和一把椅子。

商人想象一个人在如此简单朴素的地方该如何生活，何况，还是位德高望重的经师。

"大师，你的家具在哪里呢?"商人好奇地问道。

"你的呢?"赫菲茨没有回答，反而回问道。

"我的? 我只是从远方前来拜访您的过客，我只是路过呀!"商人说。

"我也一样!"经师轻轻地说。

"您，可您是这里的主人啊?"

"人只有做自己的主人，此外，人于一切，都是过客。"

"我们都是过客!"商人喃喃，突然明白了什么，双手合十，笑着离开。

"人只有做自己的主人，此外，人于一切，都是过客。"商人能及时改变自己的想法，顿悟生命的无常，便是他重生的开始。其实我们每个人都是这大千世界中的一个过客。既然人生不过是路过，我们只需用心享受旅途中的风景就是，何必为一些得不到或者已经失去的东西而懊恼呢？每个人的一生都像一场旅行，你虽有目的地，却不必去在乎它，因为你的人生不只拥有目的地而已，你还有沿途的风景和看风景的心情，如果完全忽略了一路的风情，人生将会变得多么单调和无趣，活着还怎么称得上是一种享受呢？

环境和遭遇常有不尽如人意的时候，问题在于一个人怎样面对逆境和不顺，知道人力不能改变的时候，与其怨天尤人，徒增苦恼，还不如因势利导，适应环境，随遇而安，在既有的条件中，尽自己的力量和智慧去发掘乐趣。

奥地利作曲家舒伯特说："只有那些能安详忍受命运之泰者，才能享受到真正的快乐。"当我们处于不可改变的境遇时，只有勇敢面对，从容地接受既定事实，如果继续往上攀爬是一种失去，那我们为什么不能停下来，安乐与现在的位置呢，我们只有不过分地执着于外物，才是求得快乐宁静的最好办法。

美国有个研究幸福的实验是这样的：心理学家让受试者造句，

规定以"我希望"起头，例如"我希望我像比尔·盖茨那样富有"，"我希望我是贝克汉姆的情人"，"我希望我中百万彩票的头奖"。然后，心理学家要求受试者再造 3 个句子，以"还好我不是"起头，例如说"还好我不是绝症患者"，"还好我不是乞丐"，"还好我老公没有暴力倾向"，等等。

调查结果显示：同样一批人，在完成"我希望"的造句后，心情都会变得比较差，而完成"还好我不是"造句时，心情都比较好。

其实，生活并不累人，让我们深感疲惫的是我们不能放的心。在灯红酒绿的现代社会中，我们习惯了对名利和权势的追求与执着，往往为了虚荣强作体面，为了优越感沽名钓誉，结果使自己的心灵和身体在忙碌中承受着巨大的压力，失去了自由和灵性。所以要放下该放下的，让生活变得更如意的方式其实只需要你的一个想法，那些不太如意的一面就会重新焕发光亮。

做真我，抵达另一种生活

我们所处的这个世界由各种各样的生命体组成，是春天的露水，是夏夜的苦蝉，是深秋的落叶，是寒冬的霜雪。在四季的轮替中，它们犹如报时钟一样，以各自的方式提醒着我们快乐抑或悲伤地变迁。人们只知道有快速去获得，快速去拥有，却不知快速流失的东西有多么珍贵和难得。在如子弹头列车般高速运转的世界中，我们的情绪，包括我们的灵魂如同小时候常玩的玻璃弹球一般，在急速的旋转中，呈现出时而舒缓、时而紧张的态势。

生活的乐趣怎么会突然失传了？从前那些安然游荡的人都到哪里去了？我们看到的是一味打破头往前冲的人，忘记了自己初衷的人，忽略了身边一切的人，每天只是活着而不是生活的人。

你还能静下心来，默享生活的原味么？但愿，你能。毕竟唯有宁静的心灵，才不眼热显赫权势，不奢望成堆的金银，不乞求声名鹊起，不羡慕美宅华第，因为所有的奢望、乞求和羡慕，都是一相情愿，只能加重生命的负荷，加速心灵的浮躁，而与豁达康乐无缘。

你想要活得轻松自得么？那么就先放下你的欲求吧，别为外界物欲所左右。

这是一条古老的街道，到处都是老旧的建筑物。老街上住着一位老铁匠，由于早已没人需要打制的铁器，他便改卖铁锅、斧头和拴小狗的链子。

他的经营方式非常古老和传统。人坐在门内，货物摆在门外，不吆喝，不还价，晚上也不收摊。你无论什么时候从这儿经过，都会看到他在竹椅上躺着，手里是一个半导体，身旁是一把紫砂壶。

他的生意也没有好坏之说，每天的收入正好够他吃饭和喝茶。人一旦老了，便不再需要多余的东西，因此他非常满足。

一天，一个古董商从老街经过，偶然看到老铁匠身旁的那把紫砂壶。因为那把壶古朴雅致，紫黑如墨，有清代制壶名家戴振公的风格，他走过去，顺手端起那把壶。

壶嘴内有一记印章，果然是戴振公的，商人惊喜不已。因为戴振公有捏泥成金的美名，据说他的作品现在仅存3件，一件在美国纽约州立博物馆里；一件在中国台湾地区某博物院；还有一件在泰国某位华侨手里，是1993年在伦敦拍卖市场上以16万美元的拍卖价买下的。

商人端着那把壶，想以10万元的价格买下它。当他说出这个数字时，老铁匠先是一惊，后又拒绝了，因为这把壶是他爷爷留下的，他们祖孙三代打铁时都喝这把壶里的水。

壶虽没卖，但商人走后，老铁匠有生以来第一次失眠了。这把壶他用了近60年，并且一直以为是把普普通通的壶，现在竟有人要以10万元的价钱买下它，他转不过神来。

过去他躺在椅子上喝水，都是闭着眼睛把壶放在小桌上，现在他总要坐起来再看一眼，以确定茶壶安好无损地放在了桌子上，这一改变让他非常不舒服。特别让他不能容忍的是，当人们知道他有一把价值连城的茶壶后，蜂拥而至，有的是来一睹那把茶壶的风采，有的是来询问还有没有其他的宝贝，更有甚者，晚上来敲他的门。他原本平静悠闲的生活被彻底打乱了，他不知该怎样处置这把壶。

当那位商人带着20万元现金，第二次登门的时候，老铁匠再也坐不住了。他叫来老街上的街坊，拿起一把斧头，当众把那把紫砂壶砸了个粉碎。

后来，老铁匠一直卖铁锅、斧头和拴小狗的链子，生活平静而无忧虑，据说他活过了百岁。

老铁匠抡锤的魄力不见得人人有，所以，老铁匠安逸百年的幸福也就不是人人有了。说到底，人根本的迷失和困惑都是源于自身，一把壶，无人告诉你它价值的时候你自得把玩，有人告诉你价值不菲时你便忐忑不安了，说到底，壶还是那把壶，不一样的是你的心而已。让外在的东西搅乱你内心的清明，这才是最大的不安。老铁匠打破了名利对心的束缚，重获宁静。宁静可以沉淀出生活中许多纷杂的浮躁，过滤出浅薄、粗陋等人性的杂质，可以避免许多鲁莽、无聊、荒谬的事情发生。宁静是一种气质、一种修养、一种境界、一种充满内涵的悠远。安之若素，沉默从容，往往要比气急败坏、声嘶力竭更显涵养和理智。

悟道的人说，心静则万物莫不自得，心动则事象差别现前。我们常人之所以有分别，完全因为起心动念。如何达到动静一如的境界，关键就在一个人的心是否能去除妄想。

那静又是什么呢？静是抵达真我的心境，是泰山崩于前而色不变，是大胸襟，也是大觉悟，非丝非竹而自恬愉，非烟非茗而自清芬。

作为一代鸿儒，钱钟书向来淡泊名利。

1991年，全国十八家省级以上电视台联合拍摄《中国当代名人录》，钱钟书名列其中，友人告诉他将以钱酬谢，他淡淡一笑：“我都姓了一辈子‘钱’了，还会迷信这东西吗？”

有一次，美国普林斯顿大学邀请钱老讲学，开价 16 万美金，交通、住宿、餐饮免费提供，可偕夫人同往。钱钟书拒绝了，他对校方特使说：“你们研究生的论文我都看过了。就这样的水平，我给他们讲课，他们听得懂吗？”

又有一次，英国一家老牌出版社，得知钱老有一本写满了批语的英文大辞典，便派了两个人远渡重洋，叩开钱府的大门，出以重金，请求卖给他们，钱老说：“不卖！”

国外曾有人表示，如果把诺贝尔奖颁给中国作家的话，只有钱钟书才能够当之无愧。而钱钟书则表示，萧伯纳说过，诺贝尔设立文学奖比他发明炸药对人类的危害更大。

与钱钟书先生一样淡泊名利的，还有一代国学大师、国宝级的文化巨擘季羡林先生。

2009 年 7 月 11 日季老与世长辞。季老留给我们的不仅是那炉火纯青、登峰造极的学问，更多的是“三辞桂冠”、专心做学问的求实作风，是那种远离浮躁、甘为人梯的淡泊操守。季羡林在《病榻杂记》一书中提出"三辞"，第一次廓清了他是如何看待这些年外界"加"在自己头上的"国学大师"、"学界泰斗"、"国宝"这三项桂冠的，他表示："三项桂冠一摘，还了我一个自由自在身。身上的泡沫洗掉了，露出了真面目，皆大欢喜。"

其实，人生真的不必太急功近利，把追逐名利的脚步慢下来，将心跳放缓，随青山绿水而舞，见鱼跃鸢飞而动，享受属于内心的一片安然之地。古人说：水流任急境常静，花落虽频意自闲。如果我们也能把一颗心常在静处，内观自我，守住自在心，那么荣辱得失，又有谁能差遣我呢？

所以，回归那个真实柔软的最初的自己吧，不强硬，不责怨。沉淀浮躁，剥离伪装，远离喧嚣，放下执着。古人说，静能生慧，当我们放下脚步学会欣赏人生旅途中的风景时，或许，我们才能到达真实而丰盈的自己。

别轻易否定你自己

杨绛先生曾写过这样一段话：一个人经过不同程度的锻炼，就获得不同程度的修养、不同程度的效益。好比香料，捣得愈碎，磨得愈细，香得愈浓烈。我们曾如此渴望命运的波澜，到最后才发现：人生最曼妙的风景，竟是内心的淡定与从容……我们曾如此期盼外界的认可，到最后才知道：世界是自己的，与他人毫无关系！

"世界是自己的，与他人毫无关系。"真正能做到这点的人，并不在多数。很多人都明白，自己的人生，别人替代不了半分，也懂得生活的好坏，根本在于自己。可真正碰到一些事情时，我们还是会轻易被外界影响，被他人的想法所左右。

为人处事靠自己，背后评说由他人。有时我们就是太过在意耳边的声音，决策优柔寡断，行动畏首畏尾，最终累了心灵，困了精神。人心只一拳，别把它想得太大。盛下了是非，就盛不下正事。所谓"米可果腹，沙可盖屋"，但二者掺到一起，价值全无。

有一名热爱文学的青年带着自己苦心撰写的书稿，来到一位知名作家家中，请作家点评。因为作家正患眼疾，青年只好把作品读给作家听。

青年饱含情感地把书稿朗读完，便停顿下来等待作家的点评。作家问："故事结束了吗？"

青年觉得作家的语气中有意犹未尽的味道，似乎在渴望下文。青年感受到了莫大的鼓励，顿时有了创作的激情，立刻灵感喷发，他马上接续道："没有啊，下部分更精彩。"他以自己都难以置信的构思叙述下去。

到达一个段落，作家又问："结束了吗？"

"小说一定跌宕起伏、扣人心弦！"青年这么想着，于是更兴奋，更激昂，更富于创作激情。他不可遏止地一而再、再而三地接续、接续……最后，电话铃声骤然响起，打断了青年的思绪。

电话是找作家的，说是有急事，作家匆匆放下电话后准备出门。

"请问，没有读完的小说呢？"青年有些抱歉地问道。

"其实你的小说早该收笔，在我第一次询问你是否结束的时候，就应该结束。何必画蛇添足呢？该停则止，看来，你还没把握情节脉络，尤其是，缺少决断。决断是当作家的根本，否则，绵延逶迤，拖泥带水，又怎么能打动读者？"

青年听了作家的话，追悔莫及，他认为自己的性格过于受外界左右，作品难以把握，恐不是当作家的料。

事情过去了很久，这名青年也已另谋了别的出路。一日，他遇到另一位作家，两人攀谈了一番之后，他羞愧地谈及往事，谁知这位作家惊呼：你的反应如此迅捷、思维如此敏锐、编造故事的能力如此强盛，这些正是成为作家的天赋呀！假如正确运用，作品一定能脱颖而出。

因为他人的一句话，这位青年就轻易地否定了自己，原本不可限量的文学生涯也就此中断，实在令人可惜。但他的最可悲之处还是在于他没有自己的主见，不相信自己有潜在的能量，而轻易让别人设定了他的人生。

林清玄说：对于一个不相干的，不了解的事情，所有的言说都是自心的显现与投射。为别人心理的投射而生气，不是太不值得了吗？"一千个人眼里有一千个哈姆雷特"，凡事都很难有统一的定论，别人的"意见"可以适当的参考，但不要被他人的论断束缚了自己前进的步伐，从而否定了自己的能力。

要知道，我们所做的每件事就算是倾尽全力也不见得能够让人人都满意，还是会有人出于不同的看法而指指点点，这时候，能够给予自己信心和能量的，只能是我们自己，所以，任何时候，我们都不必纠结于外界的评判，不必掉进他人的眼神，不必为了讨好这个世界而扭曲了自己。一个人如果没有自己的原则和立场，不知道自己能干什么，会干什么，自然与成功无缘。

很多时候，他人不看好你，不见得就是你自身的错。

男孩向妈妈抱怨班里有的某个同学特讨厌，总喜欢跟他比，影响了他的学习。

年轻的妈妈听了，笑着摸了摸男孩的小脸蛋问道："宝贝，你喜欢吃苹果吗？"

男孩说："不喜欢啊，妈妈知道的，我喜欢吃雪梨。"

"妈妈当然知道，那妈妈问你，有没有人喜欢吃苹果？"

"当然有！"

"那你不喜欢吃苹果是苹果的错吗？"

男孩笑笑，一脸纯真地说："当然不是喽！是我不喜欢吃，跟苹果有什么关系呢？"

"那你不喜欢那个同学难道是他的错吗？"

"我……"

"孩子，你要明白，你不喜欢他并不是他的错，放在你身上也是一样，任何时候，都不要因为别人的眼光而去否定你自己，因为这不是你的错。知道吗？"

"知道了，妈妈。"

每个人的生命都是独立的，也是独一无二的，没有任何人可以做到真正意义上感同身受地去感知他人的感受。人和人之间注定了会有或多或少的认知差距，所以，当别人在否定或者质疑你的时候，你要做的就是冷静地思考，自己的真实感受是怎样的，而不是盲目地去按照他人的建议去做出改变。生活中，很多人就是因为常常很在意自己在别人的眼里究竟是一个什么样的形象，把别人的话语往往成为我们评断自己的标准，从而轻易改变了他们的人生道路，结果让自己抱憾终身。

一个人是否实现自我并不在于别人的评论，而在于他在精神上
能否坚持与自主。

20 岁左右的时候，初出茅庐的他指着一幅最美丽的画作呼喊：
"哦，上帝啊，如果我也能像这样在画布上实现自己的梦想该
多好！"画的主人大声说："画布上的梦想！你一定要知道，
必须经过成千上万次的练习，才有可能将你的梦想展现在画布
上。要想达到卓越，只有一个方法，那就是不懈地努力。"

弗朗西斯·培根记下了这句话，后来，他成为 20 世纪英国唯
一的一位享誉国际且具影响力的画家。

每个人的生活中都曾遭遇过被打击被否定的事情，有的人选择
坚持自己的道路往下走，而有的人则播下失望的种子。其实播
下失望的种子并不可怕，可怕的是我们处理这些种子的方式。
是给它浇水施肥，让肥草丛生，最终使我们自己窒息而死呢？
还是给这些野草断水施肥，使他们不能生长，不能伤害我们？
这才是我们要思考的问题。一如意大利戏剧家皮兰德楼所说：
"我们每个人身上都拥有一个完整的世界，在每个人身上这个
世界都是你自己的唯一。"

看好你拥有的

"假如经常想着别人，你是快乐的，不在乎你有多少钱，当你有一块钱时就会感到很好，一块钱买个冰棍会感到非常甜，有滋有味。"

上面这段话是郭明义接受采访时说的话，很朴实的一句话，却道出了快乐的真谛。可这种最为真实的快乐，在我们日常生活中却常常被忽略。我们总是习惯了去看别人，看别人的大房子，别人的豪车，别人成功的事业，别人优渥的家庭，然后，我们去比较、失望、抱怨，进而对人生产生诸多的不满意。

有大房子好吗？有豪车好吗？有成功的事业幸福的家庭好吗？当然好，这是无可厚非的。但如果没有呢，你就该放弃你的人生吗？难道你真实所拥有的一切，都是不值得让你有所欢喜有所骄傲的吗？

她站在台上，带点好奇和惊喜地看着台下的学生，偶尔，她也会含糊不清地发出一些声音，但没有人能听得懂她在说些什么。但是，她的听力很好，只要对方猜中或说出她的意见，她就会非常开心地应和一声，然后歪歪斜斜地向你走来，送给你一张用她的画制作的明信片。

她叫黄美廉，一个自小就患脑性麻痹的病人。脑性麻痹夺去了她肢体的平衡感，也夺走了她发声讲话的能力。但这一切并没有把她击垮，她选择了昂然面对，坚定地迎向一切的不可能。终于，在她的坚持努力下，她获得了加州大学艺术博士学位。

参加这样一场倾倒生命、与生命相遇的演讲会，对黄美廉来讲有些艰难，她无法发出声音去和学生们交流，也无法在讲台上灵动反应，但这些都不重要，因为她一出场，全场的学生都被她不能控制自如的肢体动作和坚韧而从容的深情的震慑住了。

"请问黄博士，"一个学生小声地问："对于生命的缺陷，请问你怎么看的？你都没有怨恨吗？"

演讲会主持人听了心头一紧，他觉得这个学生真是太不成熟了，怎么可以在大庭广众之下问这个问题，太刺激人了，他担心黄美廉会受不了。

"我怎么看自己？"黄美廉没有觉得这是个多么难堪的问题，她用粉笔在黑板上写下这几个字后，对着全场的学生嫣然一笑，然后，她又回过头去，在黑板上写下了几行字：一、我很可爱！二、我的腿很长很美！三、爸爸妈妈这么爱我！四、我会画画！我会写稿！五、我有只可爱的猫！六、还有……

教室一下子安静下来，没有人再讲话，所有的学生屏气凝神，看向黑板上的字，各自有了各自的深思。黄美廉回过头来定定地看着大家，一排一排地看去，眼神里有种坚定而柔软的情绪，她向所有的人笑了笑，再回过头去，在黑板上写下了她的结论："我只看我所有的，不看我所没有的。"

掌声如雷般响起。

"我只看我所有的，不看我所没有的。"她不羡慕别人健壮的身体吗？她不渴望行动自如的手脚吗？她不想大声说话欢快歌唱吗？她肯定是想的，但是她懂得那些不可能的想法只会扼杀自己的快乐，她不想让自己背负太多艰难，她想最大限度的爱自己成全自己，所以，她选择看好她拥有的，而不是用那些不现实的渴望来困住自己。

记者问郭明义，怎么才能获得幸福感呢？

他答："怎么才能获得幸福感，这个回答并不难，难的是，我想提出一个问题，我们现在，不论是年轻人还是中年人，或者是老年人，我们是不是应该问一下，就是我还缺少什么？我们是为了生活而奔波，我们缺少钱？我们还是生活不下去？我们活不下去？假如没有这些问题，我们为什么要浮躁呢？我们有工作，我们如果没有工作，我们自己可以找一个工作，也许现在钱挣的少，无法达到富足的情况下，那并不可怕，我们可以努力去争取，用我们的智慧和汗水来创造。我总在想，浮躁是什么原因造成的？是我们自己的原因还是社会上不正确的思维方式所造成的呢？其实每个人都不应该浮躁，都应该平静下来，我们很富足，我们很快乐，我们有房子住，甚至有些人是很大的房子，如果住在很大的房子里，如果他心胸狭窄，他还会觉得房子小，永远不会快乐。假如我住在很小的房子里，我的心里装着太平洋、印度洋、大西洋，太广阔了，这些东西都在我心里，我怎么能说不快乐呢？"

在这里我们也要问：怎样才能让自己生活的幸福安乐呢？答案一样，爱自己所有的，你的身体，你的心，你的人生，你现有的生活，你健康的身体，你相爱相亲的家人朋友，这样，就够了，其实人生，原就没有太复杂的东西，是我们想得复杂，反而失了心，也失了最好的自己。

因为"知足常乐"

生活在林中的小鸟，只要有一根可以立足的树枝，它便会觉得整个天地都属于自己；口渴的田鼠，只要喝到溪中的一点点水便会知足，而不会奢求一个粮仓。它们生活的很自由也很快活，人们常常看着这些小东西，想着在它们的世界里为什么快乐会来得那么简单，这一切，或许我们能从"知足常乐"这四个凝结了古老智慧的字眼里得到答案。不错，小人物也有小人物的境界，只要自己觉得满足就可以了，没有必要再去贪求其他多余的东西。

每个人所拥有的财物，无论是有形的，还是无形的，没有一样真正属于自己。那些东西不过是暂时寄托于你，有的让你暂时使用，有的让你暂时保管而已，到了最后，物归何主，都未可知。智者会把这些财富统统视为身外之物。如果过分地索求，只能成为人生的一种负担，而它带给人的只有痛苦和对幸福快乐的无从把握。

《大学》中有曰："止于至善。"是说人应该懂得如何努力而达到最理想的境地和懂得自己该处于什么位置是最好的，这也是知足常乐的一种注解，在知前乐后当中，也是透析自我、定位自我、放松自我的过程。人们因为知足，所以不至于迷失方向，去追求不切实际的事物而把自己弄得心力交瘁，而这个知足，更大意义上是对自己真正的认识，也是对自我能力的最好的评估。在自己能力范围内享用自己能创造的一切，这无疑才是爱自己的一种最好的方式，不为难，也不苛刻，爱自己，且从容。

一个富翁到海边的小渔村度假。傍晚，他来到海边散步，看见一个渔夫满载而归。富翁与渔夫闲聊了起来，看着他捕的鱼，问他为什么不再多捕一些呢？

"这些鱼已经足够我一家人生活所需。"

"那么你一天剩下那么多时间都在干什么？"

渔夫满足地说："我呀？我每天回来后跟孩子们一起玩玩游戏，看他们开开心心的样子真是觉得幸福；黄昏时我就晃到村子里喝点小酒，跟几个好朋友玩玩吉他，你看，我的日子可过得充实又忙碌呢！"

富翁听了不以为然，觉得渔夫的日子过得太平凡无味了，于是说道："我倒是觉得你应该每天多花一些时间去捕鱼，到时候你就有钱去买条大一点的船。这样一来你就可以捕更多的鱼，用不了多久，你就可以买更多渔船了，到那时你便会拥有一个渔船队，也就不必把鱼卖给鱼贩子，而是直接卖给加工厂。接着你可以自己开一家罐头工厂，离开这个没有发展前景的小渔村，搬到洛杉矶，最后到纽约，在那里你可以不断扩充你的企业，把你的生意经营得更好。怎么样，渔民先生，我为你规划的生活如何？"

"那么，这要花多少时间呢?"

"十五到二十年吧!"

"然后呢?"

富翁大笑着说："然后，呵呵，然后你就可以在家当富翁啦!时机一到，你就可以宣布股票上市，把你公司的股份卖给投资大众。到时候你就发财啦! 你可以坐拥亿万资产。"

"那，再然后呢?"

富翁说："再然后，再然后你就可以退休啦! 你可以搬到海边的小渔村去住。每天出海随便捕几条鱼，跟孩子们玩一玩，黄昏时晃到村子里喝点小酒，跟哥们儿玩玩吉他! 日子过得多么舒服啊!"

渔夫一脸自得地说："您说的这种退休后的舒服生活不正是我现在过得生活么? 既然如此，我为什么还要再等二十年呢?"

富翁听了渔夫的话，一时间立在那里，一脸的沮丧。

用二十年的时间去奔忙，像一架机器似的被金钱和利益驱使着转动，只为过上一种闲适安逸的晚年生活。或许，富翁在给渔夫描述在他概念中理想的生活时，并没有意识到，渔夫现今拥有的生活，就是他用尽心力和精力想要到达的。人有时就是这样奇怪，兜兜转转、忙于奔命，最后却往往回到了原点的位置上，然后发现期待的生活与曾经拥有的生活并无区别。

于是，很多功成名就的人常常感叹：原来我们终其一生所追求的，不过是一种简单的生活。只不过，这是我们要为此付出很多代价之后才发现的真相。所以，不必太苛求自己，非要让自己达到什么样的高度，更不要平白地为自己设置太多的磨难，只要你满足于你现有的生活，其实，你就是幸福和快乐的。

快乐是一种纯粹的发自内心的感受，它的产生不是由事物而来，而是不受环境拘束的个人举动所产生的观念、思想与态度。在那些用平凡色彩渲染的人生里，宁静和温馨生活对于风雨兼程的人们来说是心灵的避风港口，如何获得宁静、温馨，唯"知足常乐"四字，.它会使我们的人生多份从容和达观，帮助我们选择属于自己的乐趣所在。

因为，幸福原本就是一件很简单的事情，它只需要我们的一点知足达观，一点对生活的感恩和满足。

相信，你总能寻得幸福

让一切慢下来

看电影的时候，我们总会看到一些慢镜头回放。通过慢镜头的回放，我们可以看到生活中很多被忽略的细节，很多不被发现的小情趣，很多平时我们想破脑袋都不能了解的大变化原来已经暗含在细枝末节中。是的，快节奏的生活让我们迷失了，也让我们的心、我们的眼睛、我们的思维钝化了。渐渐地，我们对美好的事物，对满是生机的自然，对我们内心乃至情绪上的波动，缺少了认知。

所以有人写了"我们在相互辨认中老去"，多么可怕，我们真的会在相互辨认中老去么？会的，现在，我们已经在辨认了。辨认我们的生活是不是好的，辨认我们的关系是不是好的，辨认我们的情绪是不是真实的，辨认我们的感受是不是真实的……

《圣经》中也提到："日光之下，快跑的未必能赢，力战的未必得胜，智慧的未必得粮食，明哲的未必得资财，灵巧的未必得喜悦。"可为什么不让一切就在当下慢下来呢，放慢一点脚步，看清花开的样子，看清爱人的模样，看清孩子的变化，也看清自己的美和好。

在强调效率的"快速时代"，人们通常会排斥那些"笨拙"的快乐之人，因为后者常常对一些既浪费时间，又没有成果的事物乐在其中。而前者的心里早已默认为：每个选择都要有目的，每份付出都该有结果——虽然这并没有为他们带来快乐。所以，当后者因为"无目的"和"无所求"而感到快乐时，他们就无法忍受了。

在山区，有的农民常常在田埂上一蹲就是一整天，他们抽着烟望着田地里耕作的人们。外地来的人不懂，就问那蹲着的人："你们在看什么呀？是在学习别人的耕作经验吗？"蹲着的人仍旧蹲着，抽着烟，眼睛看着田里，用浓重的乡音懒懒地说：

"没，就是看呀。"

这是乡下人们生活的情景，一直奔波在城市里的人自然很难理解什么叫"就是看""就是听"，或者"不为什么"。他们也因此无法理解：为什么自己的时光会流逝得如此匆忙。他们每到周末，就会奇怪地问："一个星期又跑哪儿去了？"每到除夕夜，又感叹："怎么一年又不见了？"或是某个早上醒来，赫然发现镜子里大腹便便的自己已经三、四十岁了，却怎么也想不起来，时光是怎么溜走的！

我们每天都在过些怎样的日子呢？匆匆忙忙地工作，匆匆忙忙地生活，甚至，一口米饭都来不及细细咀嚼。很多人说：这样的生活真是压抑啊！可如何能不压抑呢，貌似没有多少人去琢磨过，因为，他们习惯了这样的节奏，习惯了被这样那样的责任推着赶着往前走，走慢了都不行。

历史上有一桩禅宗的公案，说法师赏月夜游，兴起，访故友，正巧那人送几位朋友出门，道别后回屋推开窗户举头望月，法师在幽处望到这幕"推窗赏月"，心领神会，也抬头欣赏了一下满月云行，没打招呼就离开了。

至于冬雪夜，携酒访友友不在，梅前畅饮观雪落，友已拜过，

酒已喝过，不一样是快乐么？目的和过程，结果和预期，快速
与释然，哪个才是应当被我们看重的呢？

人一生的旅途是很短暂的，往往在左顾右盼的流连之间，就已
到了终点，往事如烟，也许真就应了那句"人心是不待风吹而
自落的花"。

水自源头出，最终入大海。每条溪流都要途径一些曲折，缓缓
入海。可如今的我们却慢不下来了，被忙碌的车轮推着，陀螺
似的转着，于是我们体会不了叶绍翁访友进不了园子的时候仍
然盎然的情致，因为他看到了一枝红杏出墙来，满目春光尽
收；于是我们一定要去见那个朋友，高谈阔论一番，哪怕月白
风清，云行花落；于是我们一定会带着酒回来，一路咒骂天气
埋怨朋友，漫天瑞雪不知，一支梅花不见。于是我们驱赶着生
命，快得自己的灵魂都追不上。我们计划未来的每一步，环环
相扣，严丝合缝。评价量化，准确无误，因为有太多的参照
物，优劣宛然。一个眼睛看着过去，一个眼睛盯着未来，灵魂
落在后面，周遭的一切都在为快速到来的未来做准备，这个姿
势难看，这个活法可笑，这个人生快的让我们忘记快乐。

难道，我们真要这样匆匆一生么？叩问一下你的生命，你的灵
魂，它们可愿意？还是，你忽视自己太久，久到它们对一切感

触都已麻木，你自己却不知呢？

所以，试着慢下来吧，慢慢和生活相处，慢慢和自己对话。

很多来北京游玩的人都喜欢逛北京的老胡同老巷子，就连朝九晚五的上班族也不例外，一到周末，你可以看到北京那些老巷子里青年人的身影和他们悠闲的脚步。

很多人说，北京的时间是用来浪费的。也许是浓重的老城味道，但主要还是人，慢悠悠的，悠闲自得的，透着漫不经心的自信，老槐树下休息的老人、唱评弹的民间艺人，就连街道大妈，说话都透着无所谓的悠闲。荷花市场敲着手鼓的白领精英，后海岸边看景观水的小情侣，东四胡同里蹲坐在门口唠家常的大妈大婶，花鸟市场遛鸟逗乐的大爷。总之，在这些散漫家常的生活画面里，会让你觉得不浪费时间才是真正浪费了时间。

人生应该是如此吧，吃的时候就是在吃，睡的时候就是在睡，快乐的时候就是在快乐。不用那么急的去往前奔，时间不会把任何人落下，你只要记住这一刻你活着就好。法然上人在一次开示中，有人问："念佛的时候容易瞌睡，感觉自己修行之心并不坚定，如何才能消除此障呢？"上人笑笑答道："请在醒着的时候念佛。"请在你灵魂在的时候，在你看着当下的时候，看着你自己的时候生活。慢下来生活，因为这个是你的生活。这种生活里没有优劣之分，有钱人可以过得烈火烹油，没钱人可以过得繁花似锦，有些时候，好光阴不用来浪费真是可惜了。

学会欣赏那些被忽视的美好

人生，就是一趟长途旅行。而我们，就在这漫长的旅程中慢慢成长。

一位哲人说道："一趟长途旅行，意味着奇遇，巧合，不寻常的机缘，意外的收获，陌生而新鲜的人和景物。总之，意味着种种打破生活常规的偶然性和可能性。所以，谁不是怀着朦胧的期待和莫名的激动踏上旅程的？"

可是，哲人所说的这种"朦胧的期待和莫名的激动"在当下生活中，已渐渐变得稀少可贵了。处在这样一个快节奏的时代，我们每个人都在加速前进，只是很多时候，我们忘记了带上自己的灵魂一起前进。于是，在我们急速地前行中，周围的世界一下子就模糊了，看不清鲜花的明艳，听不清鸟儿的翠鸣，闻不到空气的新鲜，丢掉了阳光的温暖，也忽略了亲人的欢笑。很多时候，人就是这样太在乎目的本身，一门心思扑入其中，反而忘记了生命中还有许多美好的事物同样值得珍惜。等到老去的时候，才惊觉自己只顾着追求和赶路，却从来没有轻松地享受过。

就像我们踏上火车，都是一个目的地，从一个起点到终点。

车厢里，有形形色色的人，有的人安坐一处，埋头看书；有的人三五成群，热闹地玩起扑克；有的人相互之间打着招呼，聊着各自的所见所闻；有的人临窗而坐，欣赏着沿途的美丽风景；当然也有的人一上车便开始睡觉，等他醒了，终点站也到了。

人们对待生活的方式不同，便注定了收获也有所不同。终点站一到，车厢里沸腾了，有的人说这一路上太闷了，太辛苦了，一点乐趣都没有；有的人认为这一路上的风景很美，植被新鲜，海水碧蓝，让人的眼界也开阔了不少；还有的人则觉得海内存知己，一趟旅程竟收获了难得的知己，怎么想怎么都划算。很明显，收获最多的还是那些在沿途收获美好心情的人。

人生苦短，这一路的美景着实不应该错过。

席慕容曾写下这样一段文字："我想，那亘古以来似乎永不更改的璀璨夜空经历亿万光年的距离，一次次注视着从古寺上走下的人，那闪烁的微笑应该是真诚的吧，犹如我真诚地笑对着周围的人们。一点点微笑会换来朋友的一个美梦或者一份释怀，对于学经济的我来说，这个交换是不平等的，我付出的太少，而得到的太多，我睡得如此沉静，笑得如此安静。有一个时刻，我懂得了生命是要用心来享受，用灵魂来享受的，刹那的感悟，我知道自己将来会让爱人与家人快乐，是精神上的快乐，绵长而真实。"

同理，只要肯于驻足，只要不冷落生活，拥有对美的那一份虔诚，每一程的风景都是旖旎的，每一段风光都会醉人的。

只是很多时候，忙碌的生活常常使我们错失了很多机会，让我们浪费掉生命中很多美好的事物，甚至失去了难得的知己。很少人能知道自己生命何时到终点，也很少人能知道何时会结束一个物品、一件事情、一个缘分、或是一个生命。当我们把一切都认为理所当然，不再像孩子那样对新鲜的事物充满好奇，并花时间去欣赏、发现、品味时，我们就错过了最完美的自己。重新找回那份孩子的纯真并保留对这个世界的好奇与敏感吧，用这颗清新、纯真的心，去拥抱最美的世间，也拥抱最美的自己。所以，好好的去享受我们每一时每一刻所遇见的人、事、物吧，因为这些，都是我们宝贵生命的见证者。

从即刻开始，尽情享受生命赐予的每一份礼物吧。你可以在春日里一个午后，借着暖阳的温度，漫无目的地游走，端看一株株默然绽放的花儿矜持地绽放；记取拆迁的废墟上，一片片绿色的植物顽强的生长；或者你还会遇见一群牙牙学语的幼儿，在老师的呵护下，喜戏不已。这些琐碎而温暖的风景，会慢慢进入你的心田，让你有些单调和郁闷的心情，瞬间，一如春花般的灵动。

发现它们并爱上它们，做一个懂得享受生命并懂得爱的人，这样的生命才最轻盈，人生是一趟没有目的的旅行，因为它的没有目的性，我们将永远在路上，享受旅程的美好。

简单自持，做幸福的人

幸福是可以轻易遇见的，只要你善于捕捉，用心灵去发现，哪怕是一条温暖的短信问候，一句关爱的叮咛，一缕初夏的凉风，一幕日常生活琐碎的片段……你都能从中感受到幸福，因为只要拥有一颗懂得享受的心，就必定是一个幸福的人。

幸福并不复杂，也不幽深，只要有心，就能发觉点滴间存在的小小幸福。它就像山坡上静吐芬芳的野花，没有围墙，也不需要门票，只要有一颗清净的心和一双未被遮住的眼睛，就能看到并感知。

有一天，富人碰到穷人，问："你知道什么是幸福吗？"

穷人对自己的生活很知足，回答说："我现在的生活就很幸福。"

富人不以为然，他看着穷人漏风的茅舍、破旧的衣着，怜悯地说："你这样的生活也叫幸福？你看看你，几乎什么都没有，怎么可能幸福呢？"

"那么你认为怎样才算幸福呢？"

"像我一样，我拥有的的生活才是真正的幸福，豪宅百间，奴仆千名，锦衣玉食，荣华富贵，你现在的生活穷困潦倒，怎能称为幸福呢？"

谁知好景不长，一场大火把富人的百间豪宅烧得片瓦不留，奴仆们各奔东西，一夜之间，富人沦为乞丐。他路过穷人的茅舍，想讨口水喝。

穷人端来一大碗清凉的水，问："你现在认为什么是幸福？"

富人眼巴巴地说："幸福就是口渴时有水喝。"

如果没有那场大火，如果不是沦为乞丐，在富人的一生中，他大抵不会认为口渴时能喝上一口水是多么幸福的一件事。在这里，幸福成了一件具体而微小的事，它没有大到腰缠万贯，也没有涉及到锦衣玉食，它就是那么微不足道甚至普通到让人无从意识的一件小事，但是，它却让一个一度辉煌的人体会到了从未有过的幸福。

人们常说，越简单越幸福。此言不假，因为真有这样一群简单的人，他们活着，将每分每秒妥善安放，没有时间去多愁善感；他们爱着，简简单单，平平实实，尽管他们不懂怎么诠释爱情，却将爱情经营的有声有色；他们很容易满足，因为他们从来没有奢望生活过多的给予；他们随性简单，不用在人前掩饰什么，就那么抬着头勇敢地做自己，做自己喜欢的事，爱自己爱的人。又或许，他们连幸福是什么都不知道，他们只知道生活就是这样琐碎温暖又微小的事，然而真正幸福的就是这么一群简单的人。

原来，一个人幸福不幸福，是没有什么标准的，而是在于他知不知道知足惜福，肯不肯跟随自己的内心过自己看来富足别人看着却朴素无味的生活。不幸福的人，往往是因为不能够活得单纯。不要去刻意追求什么，不要向生命去索取什么，不要为了什么去给自己塑造形象，其实，简单真实地做自己本身就是一种幸福。

那么，幸福到底是什么，或许，它不是丰饶的财富，不是便捷安逸的生活，不是物质上的丰足，而仅仅是内心的安适和满足。

风不能把阳光打败

牛顿说："愉快的生活是由愉快的思想造成的，愉快的思想又是由乐观的个性产生的。"的确，生活是我们自己的，选择快乐还是痛苦都由我们自己来决定。要想赢得美好的人生，就不能总把目光停留在那些消极的东西上，那只会让我们更加沮丧、自卑，徒增无限烦恼。

卡耐基也认为：一个身处逆境却依旧能含着笑的人，要比一个陷入困境就立即崩溃的人获益更多。

是呢，风怎么能把阳光打败呢？不管这风来得如何狂烈和凶猛。

可现实生活中依然有很多人，因为心灵饱受创伤，而终日郁郁寡欢，更甚至对生命已经失去了期许。他们把心灵之门紧闭，不允许任何人踏进半步，他们把阳光阻隔在心门之外，终日生活在阴暗里，久而久之，他们生活得不快乐，他们认为这个世界是冷漠的，而他们注定是不幸的。

这世上，难道有注定幸福和不幸的人么？没有，即使有人这么说，那也是他为自己找托词，因为他不想承认是他自己本身把自己关进了不幸的牢狱，他在逃避作为自己的主宰者，他放弃了对自己的生命行驶责任的权力。

没有谁的生命不明媚，没有谁的生活不幸福。只要，我们肯把心门打开，让我们的内心全心全意地接纳生活，也无私地回馈生活，这才是我们保持自身幸福的唯一秘密。只是这一点常常被我们自己忽略了。

在印度一个偏远的山间小镇，住着一个挑水人。挑水人的生活说不上富足，相反，他有些清贫，但日子过得却很闲适。挑水人以为别人挑水为生，他有两个水罐，一个水罐有一条裂缝，另一个水罐则完好无损。完好的水罐总能装着满满的水跟随挑水人从远远的小溪运到主人家，而那个破损的水罐到达目的地时里面只剩下半罐水了。因此，挑水人每次回到主人家时就漏掉了半罐水，这使得他还要在花上些功夫再去挑些水把漏掉的水补回来。

那个完好的水罐不禁为自己的成就和完美感到骄傲，它觉得自己为挑水人带来很多益处。而那只可怜的有裂缝的水罐呢，则因自己天生的裂痕感到十分惭愧和自卑，心里一直很难过。

这样的日子过了两年，终于有一天，有裂缝的水罐再也忍受不了内心的自责，在小溪边对挑水人说："我为自己感到惭愧，我想向你道歉。"

挑水人问："你为什么要感到惭愧？"

水罐回答："在过去的两年中，由于我的裂缝，致使一罐的水到了主人家却只剩下半罐。你尽了自己的全力，却没有得到你应得的回报。这是我对不起你的地方。"

挑水人听后，拍了拍这个水罐说："不，你一点儿都不用自责，等下我们回主人家时，我希望你能注意到沿途的路旁那些美丽的花儿。"

当他们回去时，那个破水罐看见太阳正照着小路旁边那些灿烂的鲜花，它们在湿润的泥土里生长得那么快乐。这美好的景象使有裂缝的水罐感到一丝快乐。

挑水人说："难道你没有注意到刚才那些美丽的花儿只长在你这边，并没有长在完美的水罐那边吗？那是因为我早知道你有裂缝，并且利用了它。我在你这一边撒下了花种，每天我们从小溪边回来的时候，你浇灌着它们。在这两年中，我就摘下这些美丽的花去装饰主人的桌子，或者送给我美丽的姑娘。如果没有你，主人的家不会显得如此温馨，我的爱情也不会如此甜蜜，我还要好好感谢你呢！"

有缝的水罐听了挑水人的话，羞涩地笑了。它开始觉得自己身上的那条缝，就像是上帝给它的幸运记号一样，让它看到了世界的美好，也发现了自己的美好。

常言说：人无完人，金无足赤。其实每个人都有或多或少的缺陷，也有这样那样难以面对的状况，但这些都无关紧要，重要的是一定要用乐观的心态来对待自己，善待自己，变通地看待生活和问题，并能在困难和不幸中发现美好的事物，发现缺憾后面的闪光点，接受一个不完美却美好的自己。

这，才是我们对自身应该有的一种态度，也是对生活应抱持的信念。我们向前看，相信自己，相信自己能主宰一切，正如哈佛教授亨利霍夫曼所说："你是否快乐或痛苦，不完全取决于你得到什么，更多的在于你用心去感受到了什么。"

一位学者去战后的德国访问讲学，抵德的第二天，他去莱茵河畔游逛。

正当他欣赏着美丽的春景时，一位衣衫褴褛的老妇人挎着一篮鲜花走上前来。老妇人看上去有些憔悴，带着几分病色，但她脸上的笑容却异常温暖慈祥。老妇人在他的面前停下，声音温和地问道："先生，您买束花吗？这是德意志春天最美丽的鲜花了。"

学者看到她的双眼，那是一双充满希望的眼睛，那眼睛里的光芒是灼热的，有生机的。当然，学者也注意到了她为了谋生不得不拖着病体沿街叫卖的艰难，心中忍不住感到怜悯，于是买了一束花。

老妇人的艰难处境和她眼中流露出来的希望神情使这位学者从心中纳罕，他忍不住问道："您看起来仍旧很快活。"

"为什么不呢？生活依旧很美好呀。"

老妇人如此简单而坚定的回答让学者惊诧不已。

看到这位来自异邦的学者不解的表情，老妇人说："耶稣在星期五被钉在十字架上的时候，那是全世界最糟糕的一天，可三天之后就是复活节。所以，当我遇到不幸时，就会耐心地等待，不久一切就都恢复正常了。谁能打败一颗不低头的心呢？"

是呢？谁能呢？谁也不能吧。就像，风不能把阳光打败一样。

19 世纪英国较有影响的诗人胡德曾说过："即使到了我生命的最后一天，我也要像太阳一样，总是面对着事物光明的一面。"到处都有明媚宜人的阳光，勇敢的人一路纵情歌唱，即使在乌云的笼罩之下，他也会充满对美好未来的期待，跳动的心灵一刻都不曾沮丧悲观；不管他从事什么行业，他都会觉得工作很重要、很体面；即使衣衫褴褛不堪，也无碍于他的尊严；他不仅自己感到快乐，也给别人带来快乐。

千万不要让自己心情消沉，要知道，任何事物总有光明的一面，我们应该去发现光明的一面，超越艰难，成为自己生活的主宰者，引领自己朝着有光的方向去，这才是我们应该做的事，因为，只要我们的心不消沉，只要我们愿意接受阳光的照耀，温暖将无处不在，美好的生活也将无处不在。

用一颗随喜心悦纳生活

孔子的一个学生颜回住在很简陋的巷子里。孔子说："回也居陋巷，一箪食，一瓢饮，人不堪其忧，回也不改其乐。"颜回住在很简陋的巷子，每天吃一点点稀饭，喝一点点水，人们都觉得这样是很痛苦的事情，可是颜回却过得很快乐，为什么？因为他的内在里有一种性灵的、精神的满足，这种满足，恰如佛家所讲的随喜心。

三伏天，某禅院的草地枯黄了一大片，"快撒些草籽吧，"徒弟说，"别等天凉了，到那时候就晚了"。

师傅笑了笑，挥挥手说："随时。"

中秋，师傅买了一大包草籽，叫徒弟去播种，秋风疾起，草籽飘舞，全落进风里被吹远了。

"草籽被吹散了。"小和尚喊。

"随性。"师傅说道,"吹去的多半是空的,落下来也不会发芽。"

撒完草籽,几只小鸟即来啄食,小和尚又急了。师傅翻着经书说:"随遇。"

半夜下了一场大雨,弟子着急坏了,冲进禅旁便喊:"这下完了,草籽被冲走了。"

师傅正在打坐,眼皮都没抬,说:"随缘。"

半个多月过去了,光秃秃的禅院长出青苗,一些未播种的院角也泛出绿意,徒弟高兴得直拍手。师傅站在禅房前,点点头:"随喜。"

师傅洞悉万事万物,自然遇事不惊,淡然从容,这份随喜之心尤其值得患得患失、在狂喜与颓废之间震荡的人们思量。从预备撒草种到长出绿苗,徒弟的情绪大起大落,而师傅始终平和如一。

生命是一种缘,是一种必然与偶然互为表里的机缘。有时候命运喜欢与人作对,你越是挖空心思想去追逐一种东西,它越是想方设法不让你如愿。这时候，痴愚的人往往不能自拔，好像脑子里缠了一团毛线，越想越乱，陷在自己挖的陷阱里，而明智的人明白知足常乐的道理，他们会顺其自然，而不强求不属于自己的东西。

其实，人生也一样，因为有着最终一切谁都无可躲避的幻灭，原本是我们最知道归期的假象。

可明了的人，知道要自己欢喜活着。这份欣欣然里，是对生命最深的懂得。

有一个美国旅行者来到了苏格兰北部的一个小镇。

他看到一位老人坐在墙边晒太阳，于是问道："老人家，请问明天天气会怎么样？"

老人看也没看天空就回答说："是我喜欢的天气。"

旅行者又问："那么，会出太阳吗？"

"我不知道。"老人回答道。

"那么，会下雨吗？"

"我不想知道。"

"会是很糟糕的天气吗？"

"怎么会有很糟糕的天气呢？"老人抬头看看旅行者，仿佛觉得旅行者问了个很幼稚的问题。

旅行者已经完全被老人搞糊涂了。"好吧，"旅行者最后无奈地问道，"如果是你喜欢的那种天气的话，那会是什么天气呢"？

老人看着旅行者，平静地说："很久以前，我也有不喜欢的天气，刮风很讨厌，下雨又湿冷，可后来我明白我是没法控制天气的，所以不管天气怎样，我都会喜欢。年轻人，我想以后你也会慢慢喜欢的，无论是什么天气，你都会的。"

旅行者看着老人从容淡定的神情，品味着老人所说的话，挨着老人坐了下来，他觉得自己明白了老人的意思，也明白了所有曾经想不通的难题。

生命中所有存在，都有它存在的道理，我们无需知道它存在的原因，问询里的执着，往往会掘走我们对生活的欢喜心，既然这样，我们又何必去在意那些不如意的外在，捣毁安住内心的自在欢喜呢？

人人都会有烦恼的事情，但是，如果总是为一些无端的事情或自己无法操控的事情而烦恼，就是一种病态心理。烦恼是无缘无故的风，无法保持内心的平静淡定、对任何事都深思不已、纠缠不休的人，他的心就会被烦恼的风掀起波澜，无法安宁。

人生若能从容淡定，便会远离烦恼，体验另一种生命，另一番境界。有句佛语：掬水月在手。苍天的月亮太高，凡尘的力量难以企及，但是开启智慧，掬一捧水，月亮美丽的脸就会笑在掌心。心理学家马尔兹说："我们的神经系统是很'蠢'的，你用肉眼看到一件喜悦的事，它会做出喜悦的反应；看到忧愁的事，它会做出忧愁的反应。"人生在世，总会有各种纷繁复杂的问题，面对这些问题，我们首要的就是要保有一颗随喜心，欢喜在心，自然就无烦忧。

亲爱的，你只是开错了窗子

世上的一切事物都有其两面性，有黑就有白，有对就有错，有成功就有失败，有开心就有伤心。

人活着，也是同样的道理，不可能每一天都是开心快乐的，心烦不如意的事情也会时有发生。但尽管"不如意十有八九"，但我们也要"常想一二"。

有一个小女孩趴在窗台上，看窗外的人正埋葬她心爱的小狗，不禁泪流满面，悲恸不已。她的外祖父见状，连忙引她到另一个窗口。让她欣赏他的玫瑰花园。果然小女孩的心情顿时明朗。

老人看着女孩明朗的笑容，托起她的下巴说："孩子，我们的每一天都可以是快乐的，只不过有时，我们开错了窗户。"

自然，生活中，我们不能改变的事情有很多。比如天灾人祸，比如艰难悲苦，人活一生，不可能日日开心，这是再正常不过的事情，但是我们可以给我们的心情做出一个好一些的选择：天黑了，点一盏灯；药很苦，可以含一块糖；下雨了，撑一把伞，再不济也可以找一个屋檐。如果你觉得朝北的窗子太阴暗，那么，你可以转过身去向阳看。

亲爱的朋友，其实你不是你想象的那么悲惨那么平凡，你拥有的很多，只是，你自己没有发觉。

有一个人，他生前善良且热心助人，所以死后，他被上帝接到了天堂，做了天使。他当了天使后，还是会时常到凡间帮助人，他希望能通过助人来感受幸福的味道。

一日，他遇见一个农夫，农夫的样子非常苦恼，他向天使诉说："我家的水牛刚死了，没它帮忙犁田，那我怎能下田作业呢？"

天使听了便赐他一只健壮的水牛，农夫很高兴，天使在他身上感受到幸福的味道。

又一天，他遇见一个男人，男人非常沮丧，他向天使诉说："我的钱被骗光了，现在连家都回不去。"于是天使给他银两做路费，男人很高兴，嘴里一直说着谢谢。天使在他身上感受到了幸福的味道。

后来有一天，天使遇见一个诗人，诗人年青、英俊、有才华且富有。诗人还有一位貌美温柔的妻子，这一切都常人眼中已经是完满幸福的生活了，但诗人却说他过得并不快活。

天使问他："你看上去好像很不快乐的样子？我能帮你吗？"

诗人对天使说："很多人认为我什么都拥有了，金钱、名望，美满的生活。可我总觉得还差一样东西，你能够给我吗？"

天使回答说："当然可以。说说看你还需要什么？"

诗人直直地望着天使："我需要幸福。"

这下子把天使难倒了，比起那些怀才不遇、衣不蔽体、艰难度日的人，诗人已经很幸福了。天使低头想了想，突然想明白了。然后天使做出一个决定，他要把诗人所拥有的东西都拿走。

天使拿走了诗人的才华，毁去了他的容貌，夺去了他的财产和他妻子的性命。

天使做完这些事后，便离去了。

一个月后，天使再次回到诗人的身边。这时，诗人已经饿得半死，衣衫褴褛地靠在路边乞讨过活。

天使觉时机到了，便把从诗人那里拿走的一切归还给他。

半个月后，天使去看诗人。

这次，诗人没有再向天使提出要求，他搂着妻子，一脸感激地对天使说："谢谢你，让我明白了什么是幸福。"

你曾觉得自己孤独吗？你品尝过幸福的味道吗？其实，所有的形容词都是比较得来的。没尝过孤寂的人，怎么会知道怎样才算是璀璨的人生？没有失去过，拥有也会变得没有意义。可人就是这样奇怪，每每要到失去，才懂得珍惜。其实，幸福一直就在你的身边，它从未离开过。你肚子饿坏的时候，有一碗热腾腾的白米粥放在你眼前，就是幸福；你累得半死的时候，有一张软床供你休憩，这也是幸福。

如果你怕黑，那么就请准备一束光吧，时刻放在心里面，藏在眼里面，当黑暗真的来临时，就用这束光把黑暗照亮。树木的发芽，会在被切除树干的地方生长出来。心中的热爱与希望，会在挫败与困顿的地方加倍滋长。如果你想看到好风景，那就不要去开启那扇有雾霾的窗。

你的身体里，必有一颗幸福的种子

幸福不是大的悲喜，它只在易感的心灵中。生活不可能总是那么圆满，就像自然界的四季不可能只有春天。每个人的一生都注定要经历沟沟坎坎，品尝苦涩与无奈，经历挫折与失意，但不管怎样，幸福总会在某个时机来照访我们的。

相信吧，再贫瘠的土壤，你只要给它一粒种子，它也能长出一抹生机。不然，沙漠里怎么会有绿洲呢。

一位黑人母亲带女儿到伯明翰买衣服。一个白人店员挡住女儿，不让她进试衣间试穿，并且傲慢地说："这里的试衣间只有白人才能用，你们要试的话只能去储藏室里去，那里有一间专供黑人用的试衣间。"

黑人母亲听完，根本不理睬，她微抬着下巴，冷冰冰地对店员说："我女儿今天如果不能进这间试衣间，那么我就换一家店购衣！"

女店员看了看黑人母亲一眼，看得出对方态度很坚决，为了留住生意，女店员只好让她们进了这间试衣间，自己则站在门口望风，生怕有人看到。

女儿很欢喜地试穿了衣服，黑人母亲露出了安慰的笑。

又一次，女儿在一家店里因为摸了摸帽子而受到白人店员的训斥，这位黑人母亲再次挺身而出：

"请不要这样对我的女儿说话。"

然后，她低下头来，很温柔地对女儿说："康蒂，你现在把这店里的每一顶帽子都摸一下吧。"

女儿快乐地看向母亲，然后点点头，她真的把每顶自己喜爱的帽子都摸了一遍，完全无视那个站一旁干瞪眼的女店员。

对这些因为肤色不同而遭到的歧视和不公，黑人母亲从未低过头，她对女儿说："记住，孩子，这一切都会改变的。这种不公正不是你的错，你的肤色和你的家庭是你不可分割的一部分，这无法改变也没有什么不对。要改变自己低下的社会地位，只有做得比别人好、更好，你才会有机会。"

从那一刻起，不卑不屈成了这个女儿受用一生的财富。她坚信只有教育才能让自己获得知识，做得比别人更好；教育不仅是她自身完善的手段，还是她捍卫自尊和超越平凡的武器！

后来，这位出生在阿拉巴马的黑丫头，荣登《福布斯》杂志"2004 年全世界最有权势女人"的宝座。

她就是美国国务卿赖斯。

赖斯回忆说："母亲对我说，康蒂，你的人生目标不是从'白人专用'的店里买到汉堡包，而是，只要你想，并且为之奋斗，你就有可能做成任何大事。"

每个人的身体里，都有一颗幸福的种子，它会不会发芽，会不会开花，有没有可能结出果实，完全取决于你给这颗种子输入怎样的养分。如果你不相信它可以成材，那它最终的结果只能是凋落，因为，你没有给它扎根的土壤，一颗失去土壤的种子，要怎么生长呢？不要说你很贫乏，也不要说你不具备幸福的条件，砂砾里都可以长出绿色，为什么你的心头不能开出一朵花呢？原因在于，你不相信、你不相信那颗种子能发芽。

很久以前，为了开辟新的街道，伦敦拆除了许多陈旧的楼房。然而新路却久久没能开工，旧楼房的废墟晾在那里，任凭日晒雨淋。

有一天，一群自然科学家来到这里，他们发现，在这一片多年未见天日的旧地基上，竟然长出了一片野花野草，它们生机盎然，迎着风雨，站在一道美丽的风景。科学家们想：也许是因为有春天的阳光雨露，它们才得以生存下来的吧。

不过奇怪的是，科学家们发现其中有一些花草是从未在英国见过的，它们通常只生长在地中海沿岸国家。这些被拆除的楼房大多是古罗马人沿着泰晤士河进攻英国时建造的。

这些花草的种子多半就是那个时候被带到这里的吧。它们被压在沉重的石头砖瓦之下，一年又一年，几乎已经完全丧失了生存的机会。但令人感到意外的是，一旦它们见到阳光，就立刻恢复了勃勃生机，生根萌芽并且绽开出一朵朵美丽的花。科学家们如是想着，仿佛看到了美丽坚韧的生命一点一点在他们面前拔节生长一样。

如果不是连根拔除，谁又能扼杀的掉一颗种子的生命力呢？谁都不能，除非它自己丧失了活下去的勇气。人类也是如此，从远古，到现在，人类一点点进化，一点点完善成如今的样子。或许，在很久远的年代，我们从未想过世界会变成如此神奇的样子，而我们人类会进化成如此智慧的物种，但是，那颗生存的种子没有放弃，于是，我们走到了今天，并看到了从前不敢想的奇迹。

我们的生命也该是这样的，只要肯为自己争取，肯最大限度地去爱我们自己，那么，我们也会如期地看到我们希冀的样子，因为，每个人的身体里，必有一颗幸福的种子，只不过，有些成熟的早，有些，晚了点而已。

选择，做生命的掌舵人

人生的关键，在于选择

史蒂芬·霍金说：世界上没有什么令人匪夷所思的现象、神圣的奇迹或是全然随机事件的发生，人类的每个行动，甚至包括认知活动，都是由自己的决定造成的。

只要超出道德和法律的范畴，我们每个人都有足够的自由，自由并不像好多人想象中的那么复杂，它非常质朴，非常简单，也非常纯净。而且，它跟物质是没有绝对关系的。其实，一个人要活下去并不难。只要能活下去，他就有主动选择生活方式的权利。所以说，剥夺你的自由的，好多时候并不是命运，而是你那颗不坚定的心。

龙应台说：有些事，只能一个人做。有些关，只能一个人过。有些路啊，只能一个人走。所以，在我们的一生里，总该有一种高贵的心灵和姿态，对自己所需的一切，借由自己的努力去获得，去拥有。

作为阿根廷第一夫人的艾薇塔的出身并不风光，她是一个农场主的私生女，母亲是她父亲用"一匹马和一辆旧车"换来的情妇，乡绅父亲在她出生时就逃之夭夭，在父亲逝世时，母亲带着她和兄弟姐妹前去吊唁，她甚至连悼念的权利都没有，被人从教堂赶了出去。那是她见到父亲的第一眼也是最后一眼，她倔强地爬上棺木，在父亲一家的怒视下，坚定地吻了父亲冰冷的脸颊。从教堂出来，艾薇塔就立下一个誓言："中产阶级算什么，我要当阿根廷的大人物。"

15岁那年，当艾薇塔听说歌手奥古斯汀·马加尔迪要在小镇演出时，她便机敏地认为这是一次摆脱自己命运的绝佳机会。于是，她不惜以身相许，条件便是奥古斯汀·马加尔迪必须带她去首都布宜诺斯艾利斯。她知道，只有到了首都布宜诺斯艾利斯，才有实现自己做"大人物"梦想的可能。尽管，这仍然属于一个渺茫的假设，但她还是在一个阳光明媚的早晨，面带冷静地对母亲说："对不起，我不愿意离开你，但我不得不离开这个地方。"然后她又加了一句，"我发誓，我一定要在城市里出人头地，我一定要改变自己的命运。"

这句话看似只是一个天真小姑娘无稽的幻想，但它的威力却一直震慑到现今。一个仅有十五岁的贫穷女孩，她对自己的人生竟有如此清晰的认知和渴望，她要做自己生命的骑士，而不是任由他人去左右自己命运的木偶。

俗话说：心有多大，舞台就有多大。最后，当所有人都在家中将艾薇塔的画像与耶稣像并排贴在墙上的时候，这个出身卑微、经历坎坷的少女，终于在阿根廷人民的眼中，变成了一位圣洁的女神和一位仁慈的救世主，而她，也真正实现了对自我命运的主宰，完成了自己对自己的承诺，成为了阿根廷乃至世界的大人物。

一个诗人听说一个年轻人想跳桥自杀，而他手里拿着的是这个诗人的诗集《命运扼住了我的喉咙》。诗人听说后，立刻拿了另一本诗集，冲到桥上。

诗人来到桥上，向年轻人走去。

年轻人见有人来，便作出欲跳的姿态说道："你不要过来！你不用劝我，我是不会下来的，命运对我太不公平了。"

诗人冷冷地说："我不是来劝你的，我是来取回我那本诗集的。"诗人说到这里，看到年轻人脸上呈现出很疑惑的深情，于是继续说道，"我要将这本诗集撕碎，不再让它毒害别人的思想，我可以用我手中的这本诗集和你手中的那本交换"。

年轻人看了看诗人，又看了看手里的诗集，犹豫了一会儿，便答应了诗人的请求。年轻人接过诗人手上的那本诗集，有点吃惊，因为诗人手上的那本诗集的名字和原来那本如此的相似，但又是如此的不同——《我扼住了命运的喉咙》。

诗人接过年轻人手中的那本诗集，对着它凝望了一会儿，便将它撕得粉碎，撕完后，诗人说："当我四肢健全时，我曾多次站在你那里，但当我经历了那场车祸变成残疾后，我便再也没站在那儿过。"诗人说完，用深切的目光望着年轻人。年轻人迎着诗人的目光沉思了一会儿，终于从桥上下来了。

很多时候，我们和上面这个年轻人一样，总是被身边的人和事牵绊着、主宰着，把自己的人生交给命运去处理，而忘了自己其实是自己人生的主人，我们的命运和心灵应该由自己做主。

如果说生命是一艘航船，那么我们对舵的把握程度，就决定了我们拥有怎样的人生。一个人的命运好不好，首先是自己决定的。敢于主宰和规划人生，奇迹便会不断产生。

歌剧演员卡罗素美妙的歌声享誉全球，但当初他的父母希望他能当工程师；而他的老师则说他那副嗓子是不能唱歌的。

贝多芬学拉小提琴时，技术并不高明，他宁可拉他自己作的曲子，也不肯做技巧上的改善，他的老师说他绝不是个当作曲家的料。

达尔文当年决定放弃行医时，遭到父亲的斥责："你放着正经事不干，整天只管打猎、捉狗捉耗子的。"另外，达尔文在自传上透露："小时候，所有的老师和长辈都认为我资质平庸，我与聪明是沾不上边的。"

爱因斯坦 4 岁才会说话，7 岁才会认字。老师给他的评语是："反应迟钝，不合群，满脑袋不切实际的幻想。"他曾有过退学的经历，但他却从未因为这些打击而放弃他自己。

罗丹的父亲曾怨叹自己有个白痴儿子，在众人眼中，他曾是个前途无"亮"的学生，艺术学院考了三次还考不进去。他的叔叔曾绝望地说：孺子不可教也。可他也依旧坚持着。

《战争与和平》的作者托尔斯泰读大学时因成绩太差而被劝退学。老师认为他："既没读书的头脑，又缺乏学习的兴趣。"而他却坚信自己的选择，最终成为一代文学巨匠。

如果这些人不是"走自己的路"，而是被别人的评论所左右，怎么能取得举世瞩目的成绩？做自己的主人，主宰自己的命运，而不是把自己交付给别人。一个不想改变自己命运的人，是可悲的；一个不能靠自己的能力改变命运的人，是不幸的。而我们要做的，就是选择自己想要的人生，并坚持走下去。

爱情，需要一双合脚的鞋子

爱情是世界上最美好的东西，也是最适宜身心和谐的精神食粮。对于每一个人的精神来说，都需要靠爱才能得以生存和成长。

如果想活得幸福，一定要成全爱情；如果要成全爱情，首先得成全自己。

作家毕淑敏在《破解幸福密码》中提到：凡俗人生，人们在各自的教化里，对幸福会有不同的阐释，正如婚姻如同穿鞋子，舒服不舒服脚趾头知道，而幸福不幸福，也不是外在的表象。

一个男人，英俊潇洒，而且才华横溢，交际广泛，让人心生羡慕的是他家境也很富裕，自己做公司。于是大家猜想，像他这样的优秀男人，只有同样出类拔萃的优秀女人才配做他的妻子。但事实上，男人的妻子是个极其平常的女人。她不惊艳，朴朴素素，略显平凡。她在一家家居品牌做设计，性格温柔，没有一点女强人的张扬凛冽。她不爱逛街，不爱交际，喜欢待在家里打理朴实的小日子。

于是大家暗地猜疑：这样大的落差，这样不谐调的婚姻，对于这个男人抑或这个女人有多少幸福可言呢？终于，有人被好奇心搅得忍不住了，向男人提出了疑问。可男人丝毫没有介意这个唐突的问题，反而淡然一笑。他说："我妻子美丽和可爱的地方只有我知道。她带给我的幸福，只有我最能体会。而她值不值得爱，也只有我最清楚。这些都不是旁观的人从表面可以看到的。其实，幸不幸福是自己的事，就像我们去商场买鞋子，你说那双好看，我也觉得好看，但是穿上磨脚很不舒服，那你说我能仅仅为了好看，勉强把一双不合脚的鞋买回家吗？所以说，两个人过日子幸福与否，般配与否，不是旁人能够真正了解的。"

就像男人说的那样，婚姻的幸福与否就像是一双鞋子，是大是小，是舒服还是硌脚，只有鞋子的主人知道。鞋子合脚了，幸福也就到了。其实，婚姻就是这样，合不合适是自己的事情，再亲密的人也不能帮你解决这个问题，他们可能会给你一时的主意，却不能给你一生的维持。

但是很多时候，我们往往会过于注意婚姻外在的美丽与悦目，过于在意别人的眼光，从而错过了最好的爱人和最好的婚姻。

大学时，女孩爱上了一个同系的男生。男生家在农村，家境贫穷，为了供他上学，家里几乎变卖了所有的家当。男生很争气，从小学、中学一直到大学，成绩一直都名列前茅，大学更是每年都拿奖学金。男生不仅学习好，长得帅气，而且脾气温和，为人善良。

这样的男生，自然有很多女生喜欢。她就是其中一个。

起初，他们很平淡的交往着，像是所有恋爱中的情侣一样，小心翼翼地维护着爱情的美好。男生从一开始就没有任何的隐瞒，他的家庭，他的生活，女孩都知道。可女孩真正的背景，他却不是很清楚。他只知道女孩家境不错，是个独生女。

毕业那年，两人商量准备让双方家庭见个面，把婚事定下来。女孩第一次把男生带回家，一路上叮嘱他好好表现，并让他看自己的眼色行事。男生不明白，有什么样的事情发生，非要看她的眼色行事。当然，男生没有直接问，只是觉得有些奇怪而已。

那是男生第一次见那么豪华的住宅，在市郊的别墅区，他像是一个误闯禁区的孩子，感觉一切都变得不太真实起来。女孩的父母一上来就对男生进行了一连串的提问，他的家庭，他的生活，他的成长历程在女孩父母的口中说出来，就像是被镀了一层金般的不现实。男生望向女孩，他想知道这究竟是怎么一回事。女孩把男生带进自己的卧室，对男生说："对不起，是我捏造了你的家庭，我怕我父母不同意我嫁给你，他们希望我能嫁一个家境优厚，各方面都很好的人。"

男生听了，摇摇头："婚姻是一辈子的事情，你能欺瞒你父母一辈子么？"

"那怎么办，不然他们是绝对不会同意的。他们只有我这么一个孩子，我不能不考虑他们的想法。"

"我没有生来就富足的家庭，也不能允诺以后我会如何的成功，但我有一颗珍爱你的心，并想和你生活一生，这是我最大的财富，如果你和你的父母不能看到这颗心的价值，那我们即使结婚也不会幸福。"

最后，女孩没有嫁给男生，她嫁给了父母为她挑选的商界精英，他们的生活光鲜亮丽，物质丰足，住所豪华，但女孩只有在想起那个男生的时候，脸上才会出现那种幸福所特有的温情。

为什么不能按照自己的意愿去选择自己的爱人和婚姻呢？是怕辜负父母的心意，还是怕太平凡的生活会吞噬曾经的爱。其实，这些都不是足够的理由，真正让你放弃的、恐惧的，是你对爱的不确定。其实生活中有很多和女孩相似的人，她们被父母、朋友、外界的评断和眼光所左右，从而失去了最好的爱和原本幸福的生活。

虽然，我们每个人都懂得爱是一种无法替代的感情，除了能和自己爱的人在一起，否则我们无法感受到爱的幸福，但依然有很多人介意外人的眼光和评断，听到好的自然开心，不好的就放在心里反复琢磨。琢磨的久了，心也变得不安静了，于是想三想四，平白的给自己找了许多麻烦，出了很多难题。

就像女人都喜欢漂亮的鞋子，甚至觉得虽不是自己的鞋码买回家看着也是好的。但过生活不是这样，磨合不好，相处不愉快就是不幸福，他即使站在那里像一张无与伦比的风景画，也是无用处的。我们要明白，幸福的标尺不是拿在外人手里的，般不般配，融不融洽，自己说了才算。

因为，幸福不是别人可以给我们的，而是要由我们自己来解脱，自己来超越。我们的一生说长不长，说短不短，也许，刚好够我们去找一个这样的人儿，安度余生。

梦想的钥匙，从来不在别人手里

每个人都有梦想。当我们开始对这个世界抱以期许的时候，梦想也随之产生。

儿时，我们梦想能拥有许多好吃好玩的东西，梦想很多犹如童话故事一般美好的存在，那时，梦想是长了翅膀的精灵，仿佛怎样想都不过分。后来我们想长大了，对梦想的概念开始清晰，我们开始想象以后我们将要成为的样子，将要过的生活，我们把这些称为梦想，一个真正意义上的梦想，它不再是童话，不再是在现实生活里不存在的虚妄，它成为一个我们努力奋斗想要到达的目标。

于是，有人想要成为一个有所作为的科学家，有人想要成为一名优秀的老师，有人想要成为受人仰慕的外科医生，甚至有人想登上外星球，做一名伟大的宇航员，还有人想要获取很多财富，成为驰骋商界的商业大亨。总之，每个人的梦想不尽相同，但都是那么令人期待。但有一点，无论是什么样的梦想，它们都有一个共同的属性，那就是，这些梦想，必须经由我们自己去争取，去实现，因为，梦想没有捷径可走。

19世纪初，在美国一座偏远的小镇里住着一位远近闻名的富商，富商乐善好施，很仁爱，在小镇上的口碑极好。富商有个19岁的儿子叫伯杰，秉性纯良。

一天晚餐后，伯杰欣赏着深秋美妙的月色。突然，他看见窗外的街灯下站着一个和自己年龄相仿的青年，那青年身着一件破旧的外套，清瘦的身材显得很单薄。

他走下楼去，问那青年为何长地站在这里？

青年用一双满是忧郁的眼睛看着伯杰，他说："我有一个梦想，就是自己能拥有一座宁静的公寓，晚饭后能站在窗前欣赏美妙的月色。可是这些对我来说简直太遥远了。"

伯杰说："那么请你告诉我，离你最近的梦想是什么？"

"我现在的梦想，就是能够躺在一张宽敞的床上舒服地睡上一觉。"

伯杰拍了拍他的肩膀说："这个没问题，今天晚上我可以让你梦想成真。"

于是，伯杰领着青年走进了堂皇的庄园，然后把他带到自己的房间，指着中央位置的那张豪华的软床说："这是我的卧室，你就睡在这儿吧，这应该和你梦想中的那张宽敞的床差不多吧。"

第二天清晨，伯杰早早就起床了。他轻轻推开自己卧室的门，却发现床上的一切都整整齐齐，分明没有人睡过。带着这样的疑惑，伯杰来到花园里，他发现，那个青年人正躺在花园的一条长椅上甜甜地睡着。可那条长凳既不宽敞也不舒服，相反，它是坚硬狭窄的。

伯杰叫醒了青年，不解地问："你为什么睡在这里？"

青年站起身来，伸展了一下四肢，脸上是一副很享受的表情，他笑笑说："谢谢您，善良的人，您给我这些已经足够了。"
说完，青年头也不回地走了。

时间过得很快，一恍然，30年过去了，一天，伯杰突然收到
一封精美的请柬，一位自称是他"30年前认识的"的男士邀
请他参加一个湖边度假村的落成庆典。

伯杰虽然很疑惑，但他还是如约去了那个湖边度假村。在这座
精密清新的度假村里，他不仅领略了典雅的建筑，也见到了众
多社会名流。随后，他看到了这座庄园的主人，他正站在主席
台上发言。

"今天，我首先感谢的就是在我的人生路上，第一个帮助我的
人。他就是我30年前遇到的——伯杰先生……"说着，他在
众多人的掌声中，径直走到伯杰面前，并紧紧地拥抱他。

此时，伯杰才恍然大悟。眼前这位名声显赫的大亨特纳，原来
就是30年前那位贫困的青年。

酒会上，那位名叫特纳的"青年"对伯杰说："当你把我带进
寝室的时候，我真不敢梦想就在眼前。那一瞬间，我突然明
白，那张床不属于我，这样得来的梦想是短暂的，我应该远离

它。我要把自己的梦想交给自己，去寻找真正属于我的那张床！现在你看，我终于找到了。"

"那张床不属我，这样得来的梦想是短暂的，我应该远离它。"多么美好的一句话，人生中，没有任何的得到是平白无故的，正如民间有句谚语所言：天下没有白吃的午餐。梦想也是如此，如果不是自己去努力争取，主动把握，那么，它永远都只是一座海市蜃楼，如镜花水月般难以触摸。

其实，这样的道理我们都懂，只不过很多时候懂得和行动很容易出现偏差。有的人空怀梦想，却不想去努力，总想着抱着一些侥幸的心理，去绕过一些艰难的奋斗过程，于是，那些梦想也只能是梦想了，直至终老，梦想也没有得以实现。想想，这也是很多人的通病，把梦想当作一种口号，却从不去付诸行动，久而久之，人疲倦了，梦想也随之凋谢，甚至，它连萌发的机会都不曾有过。

或许，我们会埋怨，是生活太累，是工作太忙，忙的我们已经没有多余的精力去经营梦想。是呢，为了生存，我们迫不及待地去工作，甚至都没有去想过这份工作是不是自己所愿意的。有的人专业是绘画，毕业后却从事起了销售；有的人学的是法律，择业却是不相关的物流。起初的梦想，在碰到现实的压力

后缩进了壳，怎么也不敢再露出半分，那些在青春岁月中被我
们的热情打磨美好的梦想在不知不觉中变成一种酸涩的回忆，
在我们心底最柔软的角落里藏躲，想想，该是可悲的。

为什么我们没有最初的勇气去尝试呢？为什么我们没有了青春
飞扬的年纪里那些打不死拖不垮的激情了呢？究其根本，是我
们丧失了勇气和自信，丧失了对梦想坚持的勇气，丧失了对自
己肯定的自信。

故事里的青年说：我要把自己的梦想交给自己，去寻找真正属
于我的那张床！如果我们也能像这位青年一样，重拾勇气和信
心，我们一样可以把梦想握在自己手里，看着它在某一天，变
成现实。因为，梦想的钥匙，从来不再别人手里。

活在属于自己的当下

"你始终不明白，一万个美丽的未来，抵不上一个温暖的现在；
你始终不明白，每一个真实的现在，都曾经是你幻想的未
来。"

这是老狼在《关于现在关于未来》里唱到的几句歌，很多人
听了，很多人动容。

为什么我们要放弃当下那么美好的一个自己，去往别的地方找寻更好的人呢？这就是大多人的通病：坐这里，想哪里！为什么心总是不在你在的地方呢？

人为什么会不安？又为什么会空虚？说来说去，是因为你没有全然处在你所在的地方，你没有活在那个属于你的当下。你错失了最真实的现在。真正的快乐是现在式，它不关心你的过去，也不关心你的未来，它一直都在现在，但和你的过去与未来无关。

在这个拥挤的社会里，我们奔忙着找寻自己向往的东西：到处寻找美、寻找快乐、寻找幸福、寻找成功。到了最后却发现，我们什么都没有找到，为什么呢？因为我们一直都忘了把自己带去。是呢，自己不在的地方，有美、有爱、有幸福、有成功，可又有什么用呢？

有一位老人拿起一杯水，然后问群众说："各位认为这杯水有多重？"听众有的说20公克，有的说500公克不等。

老人则说："这杯水的重量并不重要，重要的是你能拿多久？"

我们能拿多久呢？拿一分钟，我们一定觉得没问题；拿一个小时，可能觉得手酸；拿一天，那就要叫救护车了。是这杯水的重量增加了么？不是，这杯水的重量是一样的，不一样的是时间的长短，你若拿越久，就觉得越沉重。这就像我们承担着压力一样，如果我们一直把压力放在身上，不管时间长短，到最后我们就觉得压力越来越沉重而无法承担。

放下，不在过去不在未来而是当下，现在就放下吧！因为只有在当下放下，我们才能在当下解脱。

一位哲学家途经荒漠，来到一座古老的城池前。岁月已经让这座城池显得满目疮痍，如一座被遗弃的废墟，但如果仔细地看，依然能辨析出它昔日辉煌时的风采。

哲学家实在是太累了，他想在这里休息一下，便随手搬过来一个石雕坐下来。

他点燃一支烟，望着被历史淘汰下来的城垣，想象着曾经发生过的故事，不由得发出了感叹。

忽然，有人说话了："先生，你感叹什么呀？"

哲学家一惊，下意识地向四下望了望，没有人呐，那么刚才是从哪里发出的声音呢？他疑惑起来。这时，那个声音又响了起来，他发现，声音是从自己身下的那个石雕中发出来的。他仔细端详了一番，原来这是一尊"双面神"神像。

哲学家没有见过"双面神"，他感觉很奇怪，于是问："你为什么会有两副面孔呢？"

双面神说："有了两副面孔，我才能一面察看过去，牢牢地记取曾经的教训，另一面又可以展望未来，去憧憬无限美好的蓝图啊。"

哲学家说："过去的只能是现在的逝去，再也无法留住，而未来又是现在的延续，是你现在无法得到的。如果你不把现在放在眼里，就算你能对过去了如指掌，对未来洞察先知，又有什么具体的实在意义呢？"

双面神听了哲学家的话，大叹一声之后不由得痛哭起来，他说："先生啊，听了你的话，我才明白我今天落得如此下场的根源。"

哲学家问："为什么？"

双面神说："很久以前，我驻守这座城时，自诩能够一面察看过去，一面又能展望未来，却唯独没有好好地把握住现在，结果，这座城池被敌人攻陷了，再多的美丽和辉煌都成为了过眼云烟，我也被人们抛弃而弃于废墟中了。"

双面神的悲哀何尝不是我们的悲哀呢？年轻时，我们习惯说"等到……的时候，我就会很快乐。"年老后，我们怀念从前，便说"过去……的时候，我很快乐"，然而无论是未来你怎么样，或是过去你曾经怎么样，结果都是一样……，我们抛弃了当下，就注定了被生活抛弃。我们总以为自己将来会有所改变，事实上，时间本身并不会带来任何安乐和富足，我们必须在当下这一刻找到和谐。

平常人与修行者之间究竟有多大的差别？其实没多大差别，就是吃饭、睡觉！修行人吃饭时吃饭，睡觉时睡觉。而一般人吃饭不好好吃饭，睡觉不好好睡觉。如果你不能专注在此刻，那你任何时刻都不可能专注，你将永远被下一件事拖着走。

所以，智者才常常劝世人要"活在当下"，跟自己安心地相处。那到底什么叫做"当下"？简单地说，"当下"指的就是我们现在正在做的事、待的地方、周围一起工作和生活的人。活在当下，就地驻足，就是要我们把关注的焦点集中在这些人、事、物上面，全心全意地去接纳、品尝、投入和体验这一切。有人说："文明不是高楼大厦，不是数码产品，甚至不是悠久的文化，而是懂得时常停下来，想想自己在做什么，想想那些我爱的，和爱我的人们。"生活，也是同样的道理。

温柔的坚持，做最真实的自己

我们常用"变化无常"来形容我们所处的世界，或者生活。事实也是如此，我们周遭的一切都在变，街道边的矮房不见了，成了一片废墟，再过两年，就会平地拔起几栋高楼。常常去遛狗的青草地开始有人管了，他们说闲杂人等不能入内了，以后，这里被规划成商业区。去公司，发现单位对面的地产公司正在搬家，说是经营不善的原因，可明明前两天还很是热闹，一片繁荣。楼下经常去的餐厅里的那个漂亮服务员辞职不干了，说是一个顶有钱的富商看上她朴实可爱打算娶了她过日子。大的变化不说，就说小的，我们每天一睁眼，很多东西都在变化，电表、水表、天气、着装、堵车的情况等等，想想都觉得可怕。

可也有不变的，那个唯一不变的，就是你的真心，是你内心世界里那个知道你冷了、老了、生起烦恼了的"旁观者"。它如明镜般清醒，对你的一切都明察秋毫；它又是金刚般无可动摇的存在，不舍弃，不背离。但前提是，你必须足够自我，足够自爱，足够坚信你就是你的所在。

我们每个人都需要独立地保持自我的坚强站立，因为生命是属于自己的，生活也是以自我为核心向周边辐射的。我们不可以自私，但一定要自爱，我们可以向现实妥协，但是绝不可以失去生命中最值得珍惜的东西，那是我们的信仰，我们的快乐之源，我们生命中的精华。

一个女孩儿，她从出生到上大学，一直生活在父母为她安排设定好的生活中，要考哪所学校，要上哪个专业，父母把他们自己的意愿加附在她身上，他们认为，这是他们能想到的对女儿最好的方式。女孩很乖巧，从来没有对父母有过怨言，但她也很有自己的想法，虽然有些辛苦，却也一直没有放弃自己的爱好——绘画、写作。

大学的时候，女孩学着自己并不喜欢的法律专业，却在课余时间利用一切机会研习绘画，阅读文学作品。大学毕业后，到了真正为自己的人生做选择的时候，女孩毅然放弃了父母为她安排好的律师工作，一个人背着行囊到处旅行，从云南之巅到青藏高原，从越南到泰国，到英格兰，到澳大利亚，再到生存环境异常险恶的非洲，她一个人几乎游遍了半个世界。她写着，画着，用自己的笔养活自己，用自己的眼睛把世界各地的精彩印到心里。父母问她，既然心理有这样坚定的想法，为什么不从一开始就拒绝他们的安排。女孩笑，她说她相信父母都是爱自己的，他们为子女选择的也一定都是最好的，但是，那些好可能并不适合我。她说她从来没有觉得自己是被强迫的，因为生命的主动权她从未放弃过。

直到现在，女孩仍在自己追梦的路上前行，她说，她会一直快乐地走下去，永不放弃，因为自己的人生只有自己懂得如何才是好的。

其实不放弃的，还有她最温柔的坚持。我不反抗，不是我没有力量，而是我有能力有信心为自己的生命护航；我顺从，并不是我妥协，而是坚持把一条路走完，看到更美好的另一种可能。

很多人说了，最欣赏那些有自己独特幸福秘诀的人，能在成长的道路上不随波逐流，一直按照自己坚持的方式生活。其实，你也能，你有这个能力。做一个安静细微的人，于角落里自在开放，默默悦人，却始终不引起过分热闹的关注，保有独立而随意的品格，这原是我们每个人都具有的一种天赋。

温柔的坚持，做真实的自己，这就是自我的真正意义。在人生的路上，我拥有我自己，我做最真实的自己，那就不存在失去。

工作，是让自己更好地生活

地铁里，公交上，论坛中，朋友圈，总有那么一些人在相互抱怨着：工作太累，对工作越来越没兴趣，一到单位恨不能推着时间赶快跑，好早点下班；越来越不喜欢自己从事的工作，分分钟都想换份新工作。

你是否也处于这样的状态呢？上班的时候没精打采，并且心中的闹钟已经开始倒计时，上班似乎成了一种煎熬，下班时间一到，整个人立刻生龙活虎起来，再投入到自己的生活中去。又或者工作很不开心觉得自己入错了行；感觉工作像一团乱麻似的，每天上班都是一种痛苦；愈发觉得现在的公司并没有当初想象得那么好，很想换个工作；开始后悔这份工作是当初因为生存压力而找的，如今才发现实在不适合自己。

亲爱的，如果你真有这些想法，那就说明，你在从事着一份你自己一点都不喜欢的工作。

当然，每个人都想找到那个最好的最适合自己的工作，可是，什么是最好的？你觉得是最好的那个，是因为你的确了解，还是因为别人说它是最好的？即使它对于别人是最好的，对于你也一定是最好的么？

很多年轻人刚踏入社会时，几乎都怀抱着一颗追求财富的心，大抵都会在心里默默定下一个数字：我一个月的薪水要达到多少，我一年要赚多少钱，几年后我会是什么样子，等等。其实，等到我们有了一定的生活经验时，我们就能发现，其实工作能够给予我们的远远大于金钱的价值，想想看，一天24小时，抛去睡觉吃饭我们有三分之一的时间都交给了工作，它几乎占去了我们所有的白天时光。按照这个计算，工作必然就成为了我们生活最主要的内容，而且是我们未来人生的一部分。所以说，工作给我们带来的不仅仅是收入的一个数字，更左右着我们整体的一个生活状态。

也有人说了：

选择这份工作完全是为了父母，他们觉得有个体面的工作，他们脸上也有光。

女友希望我从事这样一份对生活很有保障的工作，她说这样我们将来的生活才能无忧。

很多名校的高材生都渴望进这样的大企业，我也就跟着进来了。

他们说我应该做这样的工作，这才是最适合我的职业规划。

你觉得不按照父母的意愿去选择，就是不孝？你觉得不照顾恋人的想法，就是不爱？你认为所有名校高才生选择的才是最好的？还是你觉得大多数人赞成的才是最适合你的？那么，你自己呢？你自己真实的想法又是怎样的呢？对于自己想要什么，只有你自己最清楚，别人的意见并不见得一定是对的，适合的。但生活中总是有这么一些人，常常被别人的意见所影响，亲戚的意见，朋友的意见，同事的意见……问题是，你究竟是要过谁的一生？人的一生不是父母一生的续集，也不是儿女一生的前传，更不是朋友一生的外篇，只有你自己对自己的一生负责，别人无法也负不起这个责任。

有人说：选择什么样的工作，选择了什么样的人生。

我们在选择一份工作的时候，请先问问自己，自己究竟想过一种什么样的人生，想以一种怎样的方式去生活。比如，你充满热情和抱负，喜欢接受新鲜事物和充满挑战的人生，却选择去了一家安逸闲散的事业单位工作。那你每天的工作都成为你理想与现实的痛苦拉锯战，其结果也只能是两种：一是你妥协了，热情渐渐被消磨，志气一点点被减弱，慢慢的，你也变得死气沉沉了。二是你最终还是无法习惯于这样的生活，经过复杂且长期的心理斗争，最终还是选择出来继续为自己的理想而奋斗，或是选择自己想要的生活。当然，我们并不是说事业单位不好，关键是是否适合你，那种生活到底是不是你想要的。所以，永远不要为了安逸稳定以及按照别人的想法，去选择一份工作。你选择一份工作，首先一定要是因为这份工作本身吸引你，你热爱这份工作所带给你的生活模式和人生状态。

是做一个选择工作的人，还是做一个被动接受工作的人。这应该是我们必须认真思考的一个严肃问题。

选择工作，不以金钱作为最大的考量，这样的工作会更纯粹也更快乐，毕竟，我们个人的意愿才是我们获得快乐和自由的前提。但往往会有很多人始终分不清金钱和工作的关系，将两者混为一谈。我们普遍存在一个逻辑误区：认为只要有足够的金钱，我们才能安排足够好的生活，拥有足够多的快乐；但同时我们也很清晰地认识到金钱是买不到快乐也买不到幸福和自由的。

所以，如果你此时还年轻，请一定把握好属于你的机会，为你的人生，你的生活做出一个好的选择，要知道，不安于现状却没有重新开始的勇气，有时候真的比一无所有还可怕。随着时间的流逝，我们的年龄也在增长，我们会有爱人，有家庭，之后就要承担起对爱人、子女和父母的责任，而相对承受改变和抉择的能力就会越来越弱，我们会越来越安于一份有稳定收入的工作，会越来越没有尝试的勇气，因为，我们背负了太多责任，很多时候，自己的一些感受和想法会在权衡之中变得不再那么重要。

如此，从工作选择和发展来看，年轻是我们最为宝贵的财富，这个时候，我们可以尽情按照自己的意愿去选择想要从事的工作，即使这个时候从事的工作和我们的预期存在着一些差距，我们也能及时作出调整。要知道，在这个年龄段，选择上的失误都有可能变成我们的财富，因为它会让我们慢慢明确我们的工作兴趣以及我们想要的生活。

总之，我们要明白一个道理，工作是为了更好的生活，或者说得更高远一点，是活得充实，活得有理想，毕竟工作不是用来自虐的，我们一辈子有那么长的时间和工作打交道，如果不能开心一些，这一生该有多苦。

我们原本很富有

如今社会，我们的生活变得越来越丰富多彩。各种欲望纷纷入侵，名和利的追逐更加激烈，搅乱了我们内心的平静。豪宅、名车、服饰等，这些字眼俨然成了幸福和富有的活招牌，吸引着我们的眼球。人人向往富足，以为富足就是独享广厦千万间，富足就是宝马雕车香满路，富足就是金樽清酒玉盘珍馐。

最后呢，等到真正拥有这些东西的时候，有些人才发觉物质的奢侈，财富的堆砌并不能带来心灵的富足。相反，物质的过度享受，还会让我们变得空虚，找不到一条回归自己内心的路。

一天，一个富有的男人带着儿子踏上了一次乡村之旅，他想让儿子了解乡下人是多么的贫穷，想以此来鼓励孩子有所追求，成为和自己一样成功且富有的人。

傍晚时分，他们来到一家非常简陋的农舍中，农舍的主人非常友好地接待了他们，并把自己家中最好的食物拿出来和他们共同享用。

父子两人在农舍待了一天一夜，第二天的傍晚，两人踏上了回家的路。路上，父亲问儿子："你觉得这次旅行开心吗？"儿子回答："非常开心，爸爸。"

父亲接着问："你难道不觉得这个地方太贫穷了？没有车，也没有超市和商场，非常不方便。"

儿子仰着脸看向父亲，愣了一会儿，他答道："大概是吧。"

父亲有些不明白儿子的意思，又问："说说看，你到底是怎么想的？"

"我们家里只有一只狗，而他们却有四只。我们只有一个喷水池，而他们却拥有一整条河流。我们的花园里只有装饰漂亮的灯笼，而他们却拥有满天星星。我们的庭院只延伸到前院，而他们拥有整个地平线。我们生活在一小块地上面，而他们有无边无际的田野。我们要购买食物，而他们自己种植他们的食物。我们的房屋周围建了围墙来保护我们，而他们有朋友保护他们。你和妈妈每天都很忙，而那些孩子的父母却可以和他们一起做很多他们想做的事。"

儿子说到这里停下来，他看着父亲的脸，很认真的问："爸爸，难道你不觉得他们比我们富有很多吗？"

父亲听完，看着儿子那双明亮的眼睛，无言以对。他突然觉得自己错了，在儿子的描述中，他觉察到了自己的贫瘠，而那所农舍的主人，才是真正富有的人。

什么才是真正的富有呢？问不同的人，便会得到不同的答案。生活窘迫的人，觉得住着别墅大屋的有钱人是富有的；开着豪车住着豪宅的人呢，羡慕着那些回归田园悠然自得的人，觉得拥有自由和欢愉才是富有的。我们总是企图在别人的身上找到我们自己缺失的东西，然后把它看做是最好最美的，却不知，我们自身拥有的，也是他人无法企及的。

宋代的柴陵郁禅师有偈云："我有明珠一颗，久被尘劳关锁。今朝尘尽光生，照破山河万朵。"这是禅师开悟时所作，意思是，每个人都有一笔无与伦比的宝藏，那就是自己，但因为我们没有意识到自己的价值，才会活得浑浑噩噩，只有真正认识到自己的存在，肯定自己的价值以后，才能恢复本来的生动面目。

一对新婚夫妇在度过了一年的甜蜜生活后，锅碗瓢盆柴米油盐的琐碎开始日渐增多，慢慢地，他们开始有了摩擦。妻子每天为缺少财富而闷闷不乐，她觉得他们需要很多很多的钱，一万，十万，最好有一百万。她脑袋里只想着一件事：有了钱才能买房子，买家具家电，才能有条件养孩子，给孩子更好的教育和成长环境，过上体面而有尊严的生活……可是，他们都是刚参加工作不久的年轻人，工资很低，在维持最基本的日常开支之余，自然就剩不了多少钱了。

但丈夫不同，他是个很乐观的人，他觉得只要两个人健健康康的，那些想要的生活只要他们努力些时间，一定会有的。不过在这之前，他只得不断寻找机会开导妻子。

有一天，他们去医院看望一个朋友。朋友说，他的病是累出来的，为了赚钱他常常一忙起来就忘了吃饭，再加上熬夜休息不好，身体就给累垮了。朋友说：拿着健康去换钱，有了钱后再买健康，实在是不划算。

回到家后，丈夫就借机问妻子："如果给你钱，但同时让你跟他一样躺在医院里，你愿不愿意？"

妻子想了想，说："不愿意。"丈夫听了微微一笑，但也没再说什么。

过了几天，他们去郊外散步。他们经过的路边有一幢漂亮的别墅，从别墅里走出来一对白发苍苍的老者。丈夫又问妻子：

"假如现在就让你住上这样的别墅，同时变得跟他们一样老，你肯不肯？"

妻子不假思索地回答："当然不肯了。"看着妻子坚定的样子，丈夫摇摇头，爱怜地笑了。

不久，妻子公司的老总的母亲去世了，办公室的人窃窃私语说："知道吗，老太太如果能及时做心脏移植手术还是有希望的，听说老总开价 200 万寻找捐献者，哎，没来得及啊！"回到家后，妻子把这件事说给丈夫听，丈夫听完问她："假如给你两百万，让你捐出一颗心，你会做吗？"

妻子生气了："你胡说什么呀？给我一座金山我也不干呀！命都没了，我要钱干什么用呢？"

丈夫笑了："这就对了。你看，我们原来是这么富有：我们拥有生命，拥有青春和健康，这些财富加在一起已经远远超过了两百万。更重要的是，我们还有勤劳的双手，那些东西迟早会有的，你着什么急呢？"

妻子细细咀嚼着丈夫的话，又回忆了一下这几天的见闻，终于有点想通了。

丈夫的幽默和智慧让妻子懂得了真正富有的含义，那看完故事的我们呢，如果你还不能认同，不妨这样算一笔账：如果你早上醒来发现自己还能自由呼吸，你就比在这个星期中离开人世的人更有福气。如果你从来没有经历过战争的危险、被囚禁的孤寂、受折磨的痛苦和忍饥挨饿的难受……你已经好过世界上5亿人了。如果你的冰箱里有食物，身上有足够的衣服，有房屋栖身，你已经比世界上70%的人更富足了。

如此，你会发现什么？我们原本就是富有的。只不过在生活中，我们太过执着于自己所缺少的部分：工资比别人少，房子比别人小，工作比别人累，快乐比别人少……我们总是轻易地看到自己的欠缺的部分而忽略我们拥有的珍贵，所以，我们会常常处于一种贫乏而倦怠的状态。这样的生活状态下，我们的生活变得越来越平淡而缺乏生活乐趣。事实上呢，生活并不如我们想的那般糟糕，因为不管是普通人还是伟人，我们都拥有一样的、巨大的财富，那就是：生命！只要拥有了生命，我们每个人都可以创造出属于自己的成功和财富。

但遗憾的是，人就是这么傻得可爱的动物，心底明明知道健康、青春、自由和生命是远比金钱宝贵的东西，却总是对其视而不见，平白给自己添上许多烦恼。所以，我们不妨学习一下故事中的富人的儿子和那位智慧的丈夫，如此，你便能发现，真正的富有并不在于外在的条件，而是我们内心的富足。

选择你应该有的人生

有人说：人生像水，哗啦一下就流没了。

也有人说：人生短暂，时间像沙，分分秒秒划过，握得越紧，流失的越多。

更有人说：人生如戏。我们静心凝神的看戏，嬉笑怒骂，百样人生，几个小时的时间，就像是路过了很多人的一生。有的人生完整，有的人生闪回，而有的人生，只是片段。定格在了某一瞬，永远没有了明天。

我们且不管人生到底像什么，有一点毋庸置疑，那就是归根结底，人生是自己的，路怎么走，生活怎么过，我们自身才是当家作主的人。

很多人惶惑，真能自己说了算么？遇到艰难呢？碰到不得不低头不得不放弃的事情呢？我们能左右得了么？

当然，只要你坚持你该有的选择，不放弃，你终能为自己人生的主人。

弗兰克是一位犹太裔心理学家，第二次世界大战期间，他被关押在纳粹集中营里受尽了折磨。父母、妻子和兄弟都死于纳粹之手，唯一的亲人是他的妹妹。当时，他常常遭受严刑拷打，随时面临着死亡的威胁。

有一天，他突然悟出了一个道理："就客观环境而言，我受制于人，没有任何自由；可是，我的自我意识是独立的，我可以自由地决定外界刺激对自己的影响程度。"他发现，在外界刺激和自己的反应之间，他完全有选择如何作出反应的自由与能力。于是，他靠着各种各样的记忆、想象与期盼不断地充实自己的生活和心灵。他学会了心理调控，不断磨炼自己的意志，在这种心境下，他自由的心灵早已超越了纳粹的禁锢，他觉得，一切都有希望，生命总会找到一个好的出口。

弗兰克的这种精神状态感召了其他囚犯。他开始协助狱友在苦难中找到生命的意义，找回自己的尊严。弗兰克后来这样写道："每个人都有自己特殊的工作和使命，他人是无法取代的。生命只有一次，不可重复，实现人生目标的机会也只有一次。然而，最可贵的是，一个人可以自由地选择自己的思想，无论是身陷囹圄，还是行将就木，他都能够按照自己的意志自由地决定外界对自己产生的影响。"

在生命中最痛苦、最危难的时刻，在精神行将崩溃的临界点，弗兰克靠自己的顿悟，靠自己对生命的坚持，最后不但挽救了自己，而且挽救了许多与他患难与共的人。

看看我们的生活，思考一下我们的人生，我们有弗兰克如此的遭遇吗？我们有他那样的艰难吗？我们没有经历战乱，没有被不公平地因为牢犯。但很遗憾的是，拥有健康，拥有大把的时间和机会、不受任何暴力的控制、享有自由和尊严的我们，却总是对自己的人生感到诸多的不满足，诸多的无力。

这样充满消极悲观的人，又怎么会有光明如意的好人生呢？人生就像一面镜子，你看它是悲观的，那说明你就是悲观的，你看它是微笑的，那么你就是快乐的。每个人的命运都是由自己来决定的，生命属于自己，自然也需要你自己来负责。

他是一位成功的企业家，也是一位旅行家。有记者采访他时，问他说："把那么大的企业放在身后而去各处旅行，这在很多人看来都是很难以理解的事情，您是怎么做到的？"他听了笑，笑着说："或许，我真正的身份是个旅行家呢。呵呵，我是说，要想做好企业，首先要做好自己。我爱旅行，爱生活，爱自己，这一切都好了，我才有能量和心情去经营我的企业。如果我安排不好自己的人生，如何去安排企业呢？"

然后，向记者娓娓道来一件孩提时的故事。他说：

小学六年级的时候，我考试得了第一名，老师送我一本世界地图，我很高兴，跑回家就迫不及待地打开这本世界地图。不巧的是，那天轮到我来为家人烧洗澡水，但我又放不下这本奇妙的世界地图。所以，我便一边烧水，一边在灶边看地图。那时候我就想了，这世界真大啊，等我长大了，一定要到每个地方都去看看。有这个想法的时候，我正好翻到介绍埃及的那篇，我想埃及真好真伟大啊，埃及有金字塔，有埃及艳后，有尼罗河，有法老王，有很多神秘的东西，那一刻我便决定，长大后第一个要去的地方就是埃及。

可能是我看得太入神了，全然没有注意到灶膛里的火已经熄灭了。这时候，浴室的门咣当一声就被踢开了，父亲围着浴巾站在门口瞪着两只大眼睛向我喊道："你在干什么？""我……我在看地图！"

父亲听了似乎更生气了，向我走近了几步喝道："火都熄了，看什么地图！"

"我在看埃及的地图。"我刚说完,父亲的大手就挥了过来,"啪、啪"两声,我只觉脸上火辣辣的痛。

"赶快生火!看什么埃及地图?"父亲黑着脸说着,又朝我屁股踢了一脚,把我踢到灶台旁边,用很严肃的表情看着我道:"我给你保证,你这辈子不可能到那么遥远的地方!赶快生火!"

我当时盯着父亲严肃的眼神,觉得好奇怪,心想:"他怎么给我这么奇怪的保证,真的吗?他又不是我,怎么知道我这一辈子都不可能去埃及呢?"

时间一晃,十几年过去了,我人生第一次出国就是去的埃及。那时候,我的朋友都问我:"到埃及干什么?"那时候还没开放观光,出国是很难的。我很认真地告诉他们说:"因为我的生命不要被保证。"

他们似乎很不理解我的意思,后来,我便自己跑到埃及去了。

有一天,我坐在金字塔前面的台阶上,买了张明信片寄给我父亲。我在金字塔的后面写道:"亲爱的爸爸:我现在在埃及的金字塔前面给你写信。记得小时候,你打我两个耳光,踢我一脚，并保证说我这一辈子都不可能到这么远的地方来。可是你看，我现在就坐在这么远的地方给你写信。生命多么奇妙，只要我愿意，那些想法都能被成全。"

当时，写那些字的时候，我的感触很深。父亲收到明信片时跟母亲说："天哪！这是哪一次打的，竟然那么有效？一脚就把他踢到埃及去了。"

这个世界给了我们很多价值观、很多期待、很多条条框框，大部分人都会循规蹈矩地跟随这些价值观、期待、条条框框走下去。他们不敢有丝毫越界，不敢和别人不一样，渐渐地，他们也不再记得自己。可这样一个限制被规定的人生会快乐吗？

尼采说："对待生命你不妨大胆冒险一点，因为好歹你要失去它。如果这世界上真有奇迹，那只是努力的另一个名字。生命中最难的阶段不是没有人懂你，而是你不懂你自己。"

林清玄说："在浩淼的宇宙里，无边的虚空中，最大最有力量，或者最小最卑下的，就是你自己的心，没人可以让你更庄严，也没有人可以使你更卑陋，除了你的心。"

是的，我们每个人所拥有的最珍贵的东西就是能够正确评价自己。至于其他人怎么评价，世人如何看待，都是无关紧要的，因为，任何人都不能替你活过这一生，同样，任何人也都不能给出属于你的保证，能保证你的人生的，只有你自己。